徳間文庫

貧乏神あんど福の神

怪談・すっぽん駕籠

田中啓文

徳間書店

目次

主な登場人物

葛 幸助

筆作りの内職で
糊口を凌ぐ貧乏絵師。

亀吉

弘法堂という
筆屋の丁稚。

キチボウシ

瘟鬼。幸助の家に住み着く厄病神。
普段は絵の中にいるが、
ネズミのような姿で現れることも。

牛次郎
筋骨たくましい
二十歳そこそこの駕籠かき。

袖
弘法堂の主人・森右衛門の
十六になる娘。

良太
三十過ぎの
面倒見の良い駕籠かき。

生五郎
読売屋の主人。

お福旦那
大金持ちだが、その正体は謎。

イラスト：山本重也
デザイン：ムシカゴグラフィックス　鈴木俊文

第三話

駕籠屋怪談

冴《さ》えわたる月の下、駕籠《かご》の影が地面に長く伸びている。

「なあ、良太《りょうた》の兄貴」

後棒の男が言った。まだ二十歳《はたち》そこそこだろうか、顔は馬面《うまづら》というやつで、鼻の下がやけに長い。とろん、とした二重瞼《ふたえまぶた》の目はひとの良さを感じさせる。背が高く、胸板も厚く、筋骨たくましい。腕の太さはまるで馬の脚のようで、金砕棒《かなさいぼう》を叩きつけてもびくともしないだろうと思われた。

「なんや、牛次郎《うしじろう》」

先棒の男が言った。こちらは三十を過ぎたぐらい。日に焼けた精悍《せいかん》な顔立ちで、小柄だが、脚の筋肉は松の木のように盛り上がっている。

「もう半刻《はんとき》もだーれも通りかからへんで。そろそろ帰ろか」

馬面なのに牛次郎とは妙だが、たしかに「牛次郎」という名にふさわしい、間延びした、ゆっくりしたしゃべり方である。それに比べて、兄貴分の良太の方は早口だ。彼は曲がったことが大嫌いで、「まっすぐの良太」と仲間内から言われている。おかしい、と思ったら、目上や侍に相手でも遠慮なくものを言う。本当は、駕籠をかいているときも、道を曲がるのが嫌で、いつまでもまっすぐ走っていたいらしいが、そうもいかないので、

「いやいや曲がる」

のだそうだ。

「アホぬかせ。朝からひとりしか客乗せてないのやで。親方に駕籠の損料も払えんやないか。わいら今、一文なしのからっけつや。このままやったら明日、駕籠借りられへんがな」

駕籠かきというのは、自前の駕籠を持っているものもいるが、ほとんどは駕籠屋の親方から駕籠を借りて商《あきな》いをしているのだ。駕籠を返すときに損料を上乗《うわの》せするのだから、最低でもその分は稼《かせ》がないと赤字になる。先棒の男がぶら下《さ》げている提灯《ちょうちん》には「駕籠常《つね》」と書かれているから、それがこの駕籠の持ち主の名前だろう。

「そらそやけどなあ、客が来んのやさかいしゃあないやないか。それとも、そのへん歩いてるやつ無理矢理引っ張ってきて、駕籠に押し込もか。ははは……押し込み駕籠

や」

「おまえはいつも気楽でええなあ。とにかくせめてあとひとりぐらい客つかまえんと帰れんぞ」

「こんな夜遅うにだれか通るやろか」

「お化けやったら通るやろ。こうなったらお化けでも乗せなしゃあない」

「え？　お化け、客にするんか？　わて、そんなん嫌や。わて、猪《いのしし》とか狼《おおかみ》は怖いことないけど、お化けとか幽霊は大嫌いやねん」

「おまえはほんまになんでも信じるなあ。ひとを疑うことを知らん。それやからみんなにだまされるのや」

「あはははは。そやねん。わて、とにかく嘘とほんまのことの見分けがつかんのや」

「困ったやっちゃで。――ああ、それにしてもだれもおらんなあ」

「そのあたりの家に入っていって、駕籠はどないだす、ゆうてみよか」

「アホっ！　家におるもんが駕籠に乗ったりするかい。道を歩いとるさかい、疲れたなあ、駕籠にでも乗ろか、ていうことになるのや。――ほんまにだーれも通りかかりよらん。シケた場所やで」

「けど、わいが今夜は新町橋《しんまちばし》のあたりがええんとちゃうか、て言うたら兄貴が、おまえはなんにもわかってないな、あのへんは客の取り合いになる。このへんの方が新町で遊んだ客が、はじめは歩いて帰ろ、と思うてたけど、やっぱり酔うてるさかい駕籠探そか、てなるからええのや。駕籠屋やるんやったら頭を使え、て言うたんやで。覚えてるか？」

ここは西横堀《にしよこぼり》の川沿いで、坐摩《ざま》神社の裏手にあたる。

「そんなこと言うたかいな。——けど、とにかくこのままではどうにもならん。河岸《かし》を変えよか」

良太がそう言ったとき、

「駕籠屋、すまんけど天満《てんま》の寺町にある専念寺《せんねんじ》ゆう寺まで乗せてもらえるか」

川端《かわばた》に植わっている柳の木の陰から男の声が聞こえた。水色の地に石畳模様の小袖を着たその若い男は、大店《おおだな》の若旦那のように思われた。帯も履《は》きものも値《ね》の張りそうなものばかりで、取りはぐれはなさそうである。かなり酔っているようで、顔が赤く、足取りも危うい。

「そら、ありがたい。へえ、どうぞどうぞ乗っとくなはれ。なんぼいただけますやろ」

「二分でどないや？」

「えーっ、二分いただけりゃ御《おん》の字でおます。今日一日のゲンが治りましたわ。酒手《さかて》やらなにやらごちゃごちゃ申しまへん。お履きものは……なおってますな。ほな、行きまっせ。――牛、気合い入れろ」

「合点、兄貴」

ふたりの駕籠かきは棒の下に肩を入れ、左手の竹杖で地面をぐいと突くと、駕籠を持ち上げた。

「はーいっ」

「ほえっ」

「はーいっ」

「ほえっ」

「はーいっ」

「ほえっ」

ふたりの息はぴたりと合っていて、駕籠は快調に北久太郎町《きたきゅうたろう》を東へ向かい、農人《のうにん》橋を渡った。

「どないだす、しんどいことおまへんか」

橋を渡ったあたりで、先棒の良太が走りながら客に声をかけた。駕籠というのは、窮屈《きゅうくつ》な狭い場所に入れられて、長時間揺《ゆ》さぶられるのを紐《ひも》につかまって耐えるような乗り物である。慣れぬ客のなかには頭痛や吐《は》き気《け》を起こしたりするものもいる。

「大丈夫。駕籠屋はん、上手に担《かつ》ぐなあ。こんな乗りやすい駕籠、はじめてや」

良太が、

「わいらはほかの駕籠かきとは修業がちごとります。江戸の駕籠かきはただただ速いだけだすけどな、わいらは水入れた湯呑みを肩に乗せて、それがこぼれんように走るお稽古をしとりますさかい、乗り心地もええはずや。そんじょそこらの連中と一緒にしてもろたら困ります」

「はっはっはっはっ……そんな結構な駕籠に乗せてもろてありがたいかぎりやなあ」

「へえ、わいらの駕籠に乗ったら身体《からだ》の具合がようなる、医者いらずの駕籠や、て言うてくださるかたもいてはります」

「ほほう、いったいどういうことや」

「食うたもんがようこなれてお通じがようなるらしい」

「そらええわ。明日の朝のお便所が楽しみや」

駕籠かきの仕事のひとつに客との会話がある。しゃべりの客もいれば無口な客もいる。それを見分け、会話を楽しみたい客には、目的地に着くまでのあいだ上手に話を

弾《はず》ませると、

「応対の上手《うま》い駕籠屋やな。おかげで退屈せなんだ。これは祝儀やで」

　と酒手を弾んでくれることもある。良太は、

「お客さん、今日は新町でお楽しみでおましたか」

「図星。若いコレと遊んでた」

「あっはは……そらよろし」

「けど、これから厄介ごとが待ってるさかい気が重い。今の今まで機嫌よう散財してたのに、途中で興《きょう》ざめな手紙が来たさかい、しかたなく専念寺まで行かなあかんのや。女子《おなご》というのは、どいつもこいつもひとの言葉を真に受けるさかい困るわ」

「そうだすか」

　酔っているせいか、客は饒舌《じょうぜつ》だった。

「うちに出入りしとる植木屋の娘でな、ちょっと口説《くど》いて、出会い茶屋で二、三度遊んだ……それだけやのに、すっかり女房気取りになりよって、生きるの死ぬの……アホか、ちゅうねん。今も、墓のまえで死ぬ、とか抜かすさかい、説《と》き伏《ふ》せに行くのや。手切れ金もぎょうさん持ってきた。これであかなんだら、ひとりで死んでもらうしかないわな」

その言葉にカチンと来た良太が、

「お客さん、それはちょっと薄情とちがいますやろか」

「なんやと？　駕籠かきの分際《ぶんざい》で客に意見する気か」

「そやおまへんけど……一途《いちず》に思いつめた女子を金でだまらせる、ゆうのは感心しまへん」

「かまへんやないか。うちの店には金はなんぼでもあるのや」

「金にも使い方というものがおますやろ」

「ふん！　貧乏人の癖にえらそうに抜かすな。わしの金や。使い方はわしが決める」

「わしの金、ておっしゃったけどあんたのお金やおまへんやろ。あんたの親が貯《た》めたもんや」

「やかましいわ！　親の金はわしの金じゃ。けったくそ悪いこと言うな」

牛次郎が、

「兄貴、やめとき。言うだけ無駄や」

しかし、良太は黙らなかった。

「その女子にも親のあることだすやろ。親が悲しみまっせ」

「それがおらんのや。父親はとうに死んでな、母親も去年死んだらしいわ。その母親の墓のまえで死ぬ、とか抜かしよる。当てつけもええとこや。めんどくさいさかい、とっとと母親のおるとこへ逝《い》ってほしいわ」

　良太がなにか言うより早く、後棒の牛次郎が突然、

「おおう……おう……」

　大声で泣きだしたので良太が、

「おい、ちょっと止まれ」

　駕籠を下《お》ろすと、

「どないしたんや。腹でも痛いんか？」

「おかんの墓のまえで死のうとするやなんて、なんとまあ悲しいことやろ。おおおう……おうおう……」

　牛次郎は涙と鼻水を滝のように流している。垂《た》れを上げた客が舌打ちして、

「どこで死んでもええのに、わざわざ母親の墓のまえで死ぬ、て書いてくるやなんて、わしへの当てつけや。嫌味な女やで」

「お客さん、その女子に、一緒になろう、ぐらいのこと言うたのやおまへんか？」

「はは……言うたかもわからん。けど、うちの身代《しんだい》考えたら、植木屋の娘風情《ふぜい》を嫁に取れるはずもない。まあ、向こうも、しばらくええ夢見た、てなもんやろ。どうせわ

しをスッポンやと思て、手切れ金せびろうとしとるのや」

牛次郎が、

「えっ、スッポン？　兄貴、この客、スッポンやて言うてはるで」

「おまえは黙ってえ」

すると、客はしばらく黙ったあと、

「ふっふっふっ……よう見破ったな」

「なにがだす」

「あのなあ、じつはなあ……わしはな人間やないのや」

「え……？」

「わしは大川に古う棲《す》むスッポンの精や。今まで人間に化けて、新町でガタロの大将や川獺《かわうそ》の旦那と散財しとった。これから大川に帰るところや。——おまえらふたり、喉笛嚙《か》み切って血ぃ吸うて、川底に沈めたろか」

それを聞いた牛次郎が地面に膝《ひざ》を突いて客を拝《おが》みはじめた。

「ひえっ、スッポンの精……！　えらいひと乗せてしもた。どうか命ばかりはお助けを……」

良太が、

「しょーもない……。お客さん、大川の水でも飲んで、酔いを醒ましなはれ」

「おまえ、嘘やと思とるな」

「あたりまえですがな」

「これでもか」

そう言うと、客はなにかを駕籠のなかから地面にばらまいた。うねうねと蠢《うごめ》くそれは数匹の生きたドジョウだった。牛次郎は、

「ひえーっ！」

と叫んで腰を抜かした。良太もぎょっとして、

「お、お客さん、これはいったい……」

「わしがほんまのスッポンの精ゆうことがわかったやろ。さっきまでの酒のアテや。余ったさかい夜食にしよう、と思て持ってかえるつもりやったのや」

「アホらしい。垂れ、下《お》ろしまっせ。――牛、いつまで腰抜かしとるのや。立たんかい」

「兄貴、わい、スッポン怖い」

「怖いことあるかいな。スッポンなんか鍋にして食うたら美味《うま》いもんや」

「兄貴、食うたことあるんか」

「そ、それはないけどな。とにかく行くで。はーい」

「ほえっ」

「はーい」

「ほえっ」

駕籠はふたたび走り出した。

谷町筋《たにまちすじ》まで出て、北へと向かう。大川にかかる天満橋を渡り終えたあたりで、

「おい、そこの駕籠屋ーっ、駕籠屋」

暗闇のなかから声がした。良太が提灯を掲《かか》げてみると、前方から千鳥足《ちどりあし》の男がひとりふらふらと近寄ってくる。

「うーい、わし、ちょっと飲みすぎて悪酔いしてしもてな、近くやけど乗せてってくれるか。ああ、気分悪いわ」

良太は仕方なく脚を止めると、

「すんまへん、今、お客さん乗ってはりますのや。また、今度お願いします」

「なんやと。その客下《お》ろしてわしを乗せい」

「そんな無茶なことができますかいな。ほかの駕籠つかまえとくなはれ」

「一緒に乗せてもらえんか」

「駕籠の底が抜けますわ。どうぞご勘弁を……」

「ちっ、あかんのか。しゃあないな……」

男はふらふらと闇のなかに消えていった。

「かなんなあ、ああいう手合いは……」

その言葉が終わるか終わらぬかのうちに、すぐ後ろの川面からなにかが飛び込んだような大きな水音が聞こえた。良太は闇を見透かすようにして、

「まさか今の酔っ払いが川に落ちたのやないやろな……」

しかし、水面は暗く、なにも見えなかった。

「行こか、牛」

「ほい来た」

「はーいっ」

「ほえっ」

「はーいっ」

「ほえっ」

駕籠は大坂町奉行所の同心たちの拝領屋敷が並ぶ同心町を過ぎ、天満寺町に向かった。天満寺町には二十に近い寺があり、下寺町と並ぶ大坂の寺町である。堀を挟《はさ》んで

西側を西寺町、東側を東寺町と呼ぶこともある。いずれにせよ、日が落ちたあとは薄気味の悪い場所であった。駕籠はやがて東端の専念寺に到着した。

「さあ、お客さん、着きましたで」

良太は駕籠のなかに声をかけたが、応えがない。

「お客さん……お客さん……」

良太はなおも客を呼んだあと、

「寝てはるんかいな。――お客さん、垂れめくりまっせ」

良太は駕籠の垂れをめくり、

「うわあっ!」

「どないしたんや、兄貴。びっくりするやないか」

「お、おらん……」

「なにが?」

「客や。客が乗ってない……。わてら、空駕籠《から》かいとったんか? どこかで落としたんやろか……」

駕籠のかきようが悪いと、角を曲がるときなどに客を振り落としてしまうことがあるのだ。

「いや、そんなはずない。わいはまえを向いとったけど、客が落ちたら後棒のおまえが気ぃつくはずや。それに、駕籠から出たら重さが変わるさかいすぐわかるわ。駕籠、急に軽うなったりせんかったやろ」

「まあな……。もしかしたら、兄貴……」

「なんや」

「スッポンやて言うとったさかい、川に帰ったのとちがうか」

「そんなことあるかい。くそっ、乗り逃げされてしもた」

「もう、ええやないか。スッポンから銭はもらわれへん」

「牛、おまえ、今の客がほんまにスッポンと思とるんか？」

「ちがうんか？」

「あれはあの客が冗談《てんご》で言うただけや。スッポンはただの亀や。人間に化けたりするかい」

「それやったら、なんでドジョウなんか持ってるねん」

「それはわからんけどな……とにかく今のは人間や」

「えーっ、そやったんか。わてはてっきりほんまもんのスッポンの精やと思た」

「おまえももうちょっと世間のこと勉強せえ」

牛次郎を叱《しか》りながら良太は、客の身元がわかるようなものはないか、と駕籠のなかを調べはじめた。座布団を手で触ったとき、

「おい……ここ、濡れてるで！」

客が座っていたあたりがぐっしょり濡れている。牛次郎が、

「おしっこやろか。ひとに化けた狐が逃げるとき、臭いおしっこかけていく、て聞くで。スッポンもそうかもわかちん」

「アホ！　臭いかいでみい。ただの水じゃ」

「けど、おかしいやないか。雨も降ってへんのに……。やっぱり今の客はスッポンで、身体についてた川の水が落ちたのとちがうか」

「つまらんこと抜かすな！　よう拭《ふ》いとけ」

そうは言ったものの、良太はあの水音を思い出していた。ドジョウのこともある。しかも、客は足音も立てずに消えてしまった……。

(大川にはひとを化かす悪い川獺や河童《かっぱ》が棲んでると聞いたこともあるし……)

良太は身震いした。牛次郎が、

「兄貴、もう帰ろや。今日はついてへん日や。ドジョウにスッポンと来たから、つぎはガタロか川女でも乗りにきよるのとちがうか。帰ったほうがええで」

「そやなあ……。結局、ふたりとも駕籠賃もらいそこねたけど……あきらめよ。親方への損料はしばらく待ってもらうしかないやろ」

ため息をつきながら空駕籠を担いだふたりに、

「あのう……」

突然声をかけた女がいた。

「ひえっ……！」

良太は悲鳴を上げそうになったがかろうじてこらえ、

「だ、だれや」

「す、すんまへん、駕籠屋はん……もしかして若旦那風のお客を乗せはらしまへんでしたか」

淡い格子縞《こうしじま》の小袖を着た若い娘だ。声がやや上ずっている。良太が、

「か、川女のほうやったか。でないと、こんな夜中に若い女がひとりでおるはずがない」

「なんのことだす？　わては若旦那を探しとるだけだす。乗せてないとしても、ここに来はる途中で見かけませんでしたやろか」

良太が、

「おかしいなあ。たしかに専念寺て書いといたのに……。

「ちょっと見せてもらいまっせ」

女は駕籠の垂れを持ち上げ、なかにだれも乗っていないことを確かめた。

「ほんまや。おかしいなあ……」

「お、おまえ、こんな夜更《よふ》けに寺のまえで待ち合わせやなんて……どこに行くつもりや」

「へえ……あの世へ」

良太は、さっきの客が残した言葉を思い出した。あの若旦那風の男は、女子から呼び出されて、この寺の墓のまえで心中する、と言っていた……。

ふと気づくと、娘の姿はいつのまにか消えてしまった。ぞくぞくしたものが背中をつたい、駕籠かきふたりは抱き合って震えた。

「か、帰ろか、牛」

「そやなあ、兄貴」

駕籠屋へと戻ったふたりを待っていたのは、親方の怒鳴《どな》り声だった。

「良太、牛次郎！　どこで油売っとったんや！　早う損料払え」

良太と呼ばれた兄貴分の男が、

「それがその……今日にかぎってお客がまるでいてまへんで……」

牛次郎が、

「兄貴、忘れたんか。お客はいたがな。スッポンや。もっとも途中でどろんしてしもたけどな。あのドジョウが駕籠賃ゆうことやったんかいなあ。拾《ひろ》といたらよかったわ」

駕籠常の親方、常彦《つねひこ》が、

「なんやと？　どういうこっちゃ」

良太は坐摩神社の裏手で大店の若旦那らしい客を乗せたが、自分はスッポンの精だと名乗ってドジョウをばらまいたあと、行き先の専念寺に着いたら駕籠のなかに姿がなく、座っていたところがぐっしょり濡れていた……という話をした。

「わいもただの冗談《てんご》やと思とりましたのやが、もしかしたらほんまにスッポンやったかも……」

常彦は目を剝《む》き、

「ドアホ！　そんなもんおるか！　つまりは、客から駕籠賃取りはぐれたのやろ。つまらん言い訳が通じると思うか！」

「言い訳やおまへんのや。ほんまの話で……」

「じゃかあしい！　ほかに売り上げは？」

良太は、朝に乗せた短距離の客の駕籠賃をその場に出した。

「まるっきり足らんがな。――残りは？」

「払えまへん」

「なんやと？」

良太はその場にがば、と両手を突くと、

「すんまへん。明日から性根《しょうね》入れて働きますさかい、今日のところはこれで許しとくなはれ。――おい、牛、おまえも頼まんかい」

「え……？　わても？」

牛次郎はのろのろと頭を下《さ》げた。

「兄貴もこうして謝っとりますから、どうぞ許したげとくなはれ」

「アホ！　おまえも同罪じゃ！」

常彦は、太豆煙管《きせる》の雁首《がんくび》を火鉢に叩きつけると、

「まあ、良太はいつもしっかり働いてくれとるさかい、今日は堪忍《かんにん》したろ。けど、明日はもっとがんばってもらわんと、明後日は……知らんで」

畳に頭をすりつける良太の後ろで牛次郎は欠伸《あくび》をしている。常彦は目をつりあげて、

「おい、良太……新しい相棒見つけるのやったら今のうちやで」

「な、なにをおっしゃいますやら。牛次郎はこう見えましてもなかなか駕籠かきに向いた男だす。わしの目に狂いはおまへん。両腕の力はわしよりずっと上だっせ。芸人として田舎回りしとるときは、生きた牛を頭のうえまで持ち上げる、ゆう芸で人気やったぐらいで……」

「おまえはいつも牛次郎をかばうが、駕籠かきするには力があるだけではあかんのや。わしがいつも言うとるやろ。これからの駕籠かきには礼節が大事や。わかっとるのか」

「わかっとります、わかっとります。——こら、牛次郎、おまえも謝らんかい」

「わて、なんにも悪いことしてへんで」

「ええから！」

良太は牛次郎の後頭部に手をあてがい、無理矢理頭を下《さ》げさせた。常彦は「礼節が大事」としつこく繰り返しながら、良太の頭をぽかぽか殴った。

「痛い痛い……殺生《せっしょう》だっせ」

やっと小言が済んだのでそのあとふたりは台所に行き、板の間に座った。冷えた飯

を冷えた味噌汁で流し込みながら牛次郎が、

「親方も、あないにどつかんでもええのになあ。腹立つわ」

良太は、

「おまえが言うな。どつかれたのはわいやないかい。——おまえ、もうちょっと親方のことをありがたく思わなあかんぞ。わいらみたいな、請《う》け人《にん》もおらん、馬の糞みたいなもんを雇《やと》うてくれとるのや」

「せやけど、兄貴……」

「なんや」

「わて、牛次郎やさかい、どっちかいうたら牛の糞とちがうやろか」

良太は噴《ふ》き出した。

「おまえは呑気《のんき》やなあ。——しっかり食うとけ。明日は今日の分を取り戻さなあかん」

ふたりは飯を食い終えると、駕籠屋に隣接した長屋の一室に入った。駕籠かきたちのほとんどは住み込みである。駕籠屋は仕事だけではなく、住まいも食事も世話してくれるのだ。ふたりは着の身着のままで夜具に入ったが、タダ働きが続いたせいで、あっという間に眠り込んでしまった。良太は、大川にはまった自分がスッポンの化けものや河童や川女に襲われる悪夢を見、ひと晩中うなされた。

◇

翌朝、良太と牛次郎がほかの大勢の駕籠かきたちとともに朝飯を食べながら昨夜《ゆうべ》の体験を語っていると、常彦がやってきた。皆は一斉に顔を上げた。常彦の後ろに見慣れぬ武士が立っている。着流しに黒い羽織《はおり》、帯には十手《じって》……町奉行所の同心にまちがいない。年はまだ二十代半ばだろう。顎《あご》がやけに長く、ヘチマのような顔である。顔の長さは牛次郎とよい勝負だ。そのまた後ろには、手下《てか》らしい男が抜いた十手を首筋にぺしぺしと当てて、えらそうに皆をにらみつけている。

「この連中でおます」

常彦が言うと同心はうなずき、

「私は、西町《にしまち》奉行所定町廻《じょうまちまわ》り同心、古畑良次郎《ふるはたりょうじろう》だ。このなかに、昨日、若旦那風の客を乗せたものがおると聞いた。着物は水色の小袖で石畳の柄、年は二十三だ」

熱々の味噌汁を啜《すす》っていた良太はそれを聞いてむせた。常彦が、

「良太、牛次郎……おまえら、たしか昨日、そんなこと言うとったな」

古畑は、

「このふたりか。――なにか存知《ぞんじ》よりがあれば申せ」

牛次郎が、

「すんまへん。わいら朝飯の最中だすさかい、食い終わるまで待ってもらえますか」

「たわけ！　お上《かみ》の御用は待ったなしだ」

良太がおずおずと、

「へ、へえ……じつは昨夜、坐摩神社の裏手でちょうどそんな年恰好《としかっこう》の客を乗せました。天満寺町の専念寺まで行ってくれ、ゆうことだした」

「ふむ……で、専念寺で降ろしたのだな」

「それがその……なあ」

良太は牛次郎と顔を見合わせてうなずきあうと、

「行くことは行きましたのやが……着いたら客がおらんかったんだす」

「なんだ、乗り逃げされたか。間抜けな話だの」

「いえいえ、そんなはずおまへんのや。駕籠はずっと担いでたし……」

「どうせおまえたちがぼんやりしている隙《すき》に、駕籠を降りたのだろう。そうに決まっておる」

　常彦が古畑に、

「まちがいなさそうだすな」

「うむ」

　良太が、

「すんまへん、あの客になんぞおましたんか」

「駕籠かき風情に事件の中身を教えてやる筋合いはないが、貴様らも関わり合いゆえ少しだけ話して聞かそう。――その客は、道修町《どしょうまち》に店を構える大きな漢方薬問屋の跡取り息子姜太郎《きょうたろう》だ」

「そうだしたか。ほな、その店に行ったら取りはぐれた駕籠賃もらえる、ゆうことだすな」

「それはどうかな」

　古畑はにやりと笑い、

「昨夜、難波橋《なにわばし》の橋桁《はしげた》に男の死骸が引っ掛かっているのを通りがかったものが見つけた。ふところにあった財布のなかから漢方薬問屋宛ての揚屋《あげや》の勘定書きが出てきたので、その店の主《あるじ》徳兵衛《とくべえ》に確かめさせたるところ跡取り息子の姜太郎に間違いないとのことであった」

「えーっ!」

良太と牛次郎は顔を見合わせた。良太が、

「わかった。スッポンが若旦那を川に引きずり込んで殺したあと、若旦那に化けとったのや……」

「なにをわけのわからぬことを申しておる」

「旦那、わいらが乗せた客が『わしはスッポンや』と申しておりましたので……」

古畑は大笑いして、

「うはははははは……徳兵衛が営む漢方薬問屋の屋号は『スッポン屋』と申すのだ。スッポンの甲羅は古来、強壮薬の材料として用いられておるからのう」

「ほな、わいらは『スッポン屋』を『スッポンや』と聞き間違うたんだすか」

「間抜けなやつらだ。スッポンの精を乗せたと信じ込むとは……町人と申すは迷信深いものよ。わはははは……うはははは……あっははははは」

良太は顔を赤らめ、

「わ、わいも本気で信じてたわけやおまへんのやけどな、ドジョウの一件があったもんやさかい、つい、その……」

「なんだ、そのドジョウの一件というのは」

「その若旦那は、スッポンの精という証拠や、いうてふところからドジョウを何匹も出しましたのや。それに、座布団に水が染みてたり……」

「うはははは……父親の徳兵衛によると、姜太郎というのは悪洒落《わるじゃれ》のきつい、こどもじみた男だったらしい。おまえたちはからかわれたのだ。そういえばだまされ面《づら》をしておる」

古畑の話によると、姜太郎は大店の跡取りであることを利用して、いい女となると誰彼《だれかれ》かまわず口説いていたようだが、飽《あ》きると捨ててしまう。恨みを抱《いだ》いている女も多かった。

あるとき姜太郎は店に行儀見習いに来ていたくめという娘に手を付けた。くめは、スッポン屋に出入りしている植木職人の親戚の娘である。父親を早くに亡くして母親に育てられていたが、その母親も近年亡くなったため、親類の植木職人が引き取って育てていたのだ。年頃になり、行儀作法を身に着けるため、スッポン屋に預けられていた。ふたりの仲が姜太郎の父徳兵衛に露見《ろけん》し、くめは植木職人の家に帰された。しかし、くめは姜太郎のことが忘れられず、何度も手紙を送りつけた。どうやら姜太郎は、

「将来はおまえと一緒になりたい」

ぐらいのことを口にしていたらしいが、

「おとっつぁんがどうしても許してくれないからあきらめてくれ」

と一度返事が来たあとはなしのつぶてである。

それもそのはずで、姜太郎はすっかりくめのことなど忘れ、茶屋遊びに精を出していた。くめはとうとう、スッポン屋の旦那さまがどうしても許してくれぬならば、いっそあの世へ道行きしたく、ついては今宵戌《いぬ》の刻《こく》、天満寺町の東の端、専念寺のまえで待っている、という手紙を姜太郎に送り付けた。専念寺にはくめの母親の墓がある。手紙は、母親の墓前で死ぬつもりゆえ、あなたも一緒に死んでほしい、と結ばれていた。さすがに、死なれると困る。茶屋遊びも禁止されるかもしれない。しかたなく姜太郎は専念寺に行き、馬鹿なことはやめるよう説得するつもりだったようだ。

「姜太郎の財布には、勘定書きとともにくめからの手紙も入っていたが、周囲のものには、一度遊んだだけなのにしつこい女だ、と漏らしていたそうだ。――それにしても、やはり町駕籠を使うておったか。道修町から専念寺まではかなり遠いし、徒歩《かち》だと知り合いに見られる恐れがある。駕籠を使ったのではないか、と推察《すいさつ》し、早朝より駕籠屋を数軒回ってみたらこのとおりだ。ふふふ……さすがに西町奉行所一の切れ者と噂の高い私の見立てにまちがいはなかったわい」

推理が的中したので古畑はご満悦である。

「旦那……旦那」

手下の白八《しろはち》が声をかける。

「なんだ、八《はち》」

「わいは旦那が西町奉行所一の切れ者や、て今はじめて聞きましたけど、だれがそんなこと言うてますのや」

「うるさい。だれでもよかろう」

「けど、根も葉もない噂は取り締まらんと……」

古畑は顔をしかめ、

「いらぬことを申すでない」

良太が古畑に、

「ほな、そのくめという娘、どないなりましたんや」

「くめは専念寺のまえで姜太郎が来るのを待っていたが、待てど暮らせど現れぬ。そこに駕籠がやってきたので声をかけたのだそうだ」

「はー……あの娘が、くめやったんやな」

良太は牛次郎に言った。古畑が、

「くめは、姜太郎の遺骸を見て、悲しむというより狐につままれたような顔をしておったが、無理もないのう。心中するつもりだったのが、なぜかひとり取り残されたのだからな」

「いったいどういうことだすやろ。心中するつもりで駕籠で寺には向かったけど、途中で気ぃ変わって、ひとりで川に飛び込んだ……と？」

良太が言うと白八が、

「けど、姜太郎は死のうとしとるくめを説き伏せにいったはずや。——切れ者の旦那、こいつらアホにポーン！　と絵解きしたっとくなはれ」

「う、うるさい。私にはすでにちゃーんとわかっておるが、御用の筋のことを軽々しくこんな場所で口にするわけにはいかぬ。——引き上げるぞ」

「へえ……」

古畑と白八が部屋を出ていったのでふたたび飯を食いはじめた良太と牛次郎だが、ほかの駕籠かきたちが自分たちのことを気味悪そうに見ていることに気づいた。

「なんや？　わいらの顔になんぞついてるんか？」

仲間のひとりが、

「そやないけど……その若旦那、スッポンやなかったかもしれんけど、それやったらおまえら、幽霊を駕籠に乗せた、ゆうことやな?」

「え……?」

「その若旦那、たぶんなんぞの理由《わけ》があって、寺に行くつもりが行けんようになり、川にひとりで飛び込んで死んだのやろ。その霊がどうしても寺に行かなあかん、とおまえらの駕籠に乗ったのや。駕籠のなかが濡れてたのは水死体やからとちがうか」

良太は震え上がった。

◇

福島羅漢《ふくしまらかん》まえの裏通りにある「日暮らし長屋」は「その日暮らし」の連中が集まっていることで知られている。長屋自体もめちゃくちゃ古く、しかも、修繕される気配が皆無なので、日に日にぼろさを増していく。たとえば五軒長屋が斜めにかしいでいるので、反対側からぐーっと押すと、逆方向にかしいでいく。飯を食ったり、寝たりしている最中に、家が傾いていくのだ。しかし、住んでいるものはだれひとり気にしていない。

「ああ、またか」

と思うだけだ。焚《た》き付けにしてしまったので戸がない家、屋根に大穴が開《あ》いていて雨の日はずぶ濡れになる家、家財道具も布団もへっついもなにもない家……なども多い。住人もいんちき占い師、女相撲《おんなずもう》の力士、博打《ばくち》打ち、竊主《けいず》買い（故買屋）……といったいかがわしい商いを生業《なりわい》にしているものから、チボ（掏摸《すり》）、ボリ屋（ぼったくり）、ゆすりたかり、偽医者、詐欺師……などはっきり「軽犯罪者」を標榜《ひょうぼう》しているものまで、およそろくでもないものたちの巣窟《そうくつ》である。

こういった貧乏長屋は「日家賃」だ。月ぎめとかではなく、家賃は毎日支払わねばならない。しかし、仕事にあぶれるとどうしても滞《とどこお》る。明日二日分払おう、明後日三日分払おう……などと思っていても、雨が降ると出商《でしょうばい》売のものは仕事に行けなくなる。つまり、収入がなくなってしまうのだ。長雨が続くと、あっという間に一文なしになってしまう。病気も厄介《やっかい》だ。寝込んでいるあいだの補償などだれもしてくれない。そうなるとあっという間に何カ月も家賃が溜《た》まってしまうのだ。

しかし、このあたりの長屋の家主《やぬし》である藤兵衛《とうべえ》は、住人がいくら家賃を溜めようと、嫌な顔ひとつせず……いや、かなり嫌な顔をしたうえでぶつぶつ文句を言いながらも、追い立てようとはしない。なぜなら、日暮らし長屋の連中はここを追い出されたら行く場所がないのだ。そのかわり、床が抜けようが、戸がなくなろうが、天井に穴が開こうが修繕しようとはしない。金が惜《お》しいのだ。住人たちも、雨が降り込もうが風が吹き込もうがかまどがひび割れようが気にすることはない。

浪人葛幸助《かっこうすけ》もそんな藤兵衛の恩恵《おんけい》をこうむっているひとりだった。家賃はここふた月ほど支払っていない。金がないのだ。傾いた畳のうえに寝そべり、あばらの浮いた薄い胸をばりばり掻《か》きながら大あくびをした。

狩野派《かのうは》の名人と謳《うた》われた父の跡を継いで、とある大名家にお抱《かか》え絵師として仕えていたが、理由《わけ》あって主君の勘気《かんき》をこうむり、浪人してひとり大坂に出てきた。葛鯤堂《かっこんどう》と号して絵師として仕事をはじめたが、沈む夕日を背景にした帆掛け舟の絵を十数枚描いたとき、それを買ったものたちのなかから不運に見舞われるものが続出した。商人は没落し、医師が往来で駕籠から投げ出されて大怪我をし、上《のぼ》り調子だった相撲取りが負け越し、娘の縁談が破談となり、歌舞伎役者は役を下《お》ろされた。

「葛鯤堂の絵を買うと身代《しんだい》が沈む、運が沈む、陽が沈む」

と皆が言うようになり、なかには「貧乏神」と陰口を叩くものも現れた。長屋のこどもたちからは「葛鯤堂」ならぬ「風邪にも効かぬ葛根湯《かっこんとう》」略して「カッコン先生」などと馬鹿にされている。

その後はときおり瓦版の挿絵を描く程度で絵師としての仕事はほとんどなくなり、

しかたなく筆屋の「弘法堂《こうぼうどう》」から筆作りの内職の仕事をもらって暮らしている。しかし、当人はあまり気にはしていない。こういう呑気な生活が肌に合うのだ。家賃がいくら溜まろうと、何日も飲まず食わずで腹が減ろうと、

（まあ、なんとかなるだろう……）

で済ましてしまう。城勤めの時分は羽織袴《はかま》を正月になると新調するような暮らしぶりだったが、ひたすら神経を使う日々だった。今では、着物は夏も冬もぼろぼろの垢じみた着流し一枚で、衣替えとも無縁である。だが、いくら大金を積まれようと、幸助は今の暮らしを手放すつもりはまったくなかった。というより、こういう生活は、

（金があってはできぬ……）

ものだと心得《こころえ》ている。少額でも金が入ると、よい着物が着たくなり、美味《うま》いものが食いたくなり、いいところに住みたくなり、よい夜具で寝たくなる。それにはもっと金がいる……という具合に金がいくらあっても足らなくなる。

「金の使い方というのはむずかしいものだ……」

寝そべりながら両腕をぐいと伸ばすと、

「なにを申しておる。そんなえらそうなことを言うのは、一度でよいから金を稼いでからにせよ」

いつのまにかひとりの老人が幸助の頭の横にちょこんと鎮座《ちんざ》している。老人といっても、ちょうどネズミぐらいの大きさで、白いだぶだぶの着物を着、ねじれた杖を持っている。頭頂は禿《は》げあがっているが、左右に長く髪を垂らし、口ひげも長く、鼻はニンジンのごとく尖っている。目はネズミのように丸く、前歯二本もネズミのように突き出している。

「金がなくては、金の使い方について語れぬ……なるほど、それもそうだな」

「どうしておのしはそれほど怠惰《たいだ》なのじゃ。我輩《わがはい》をちいと見習うがいい」

「厄病神に言われたくはない」

そう、この老人は瘟鬼《おんき》……いわゆる厄病神である。厄病神は、この世のあらゆる災厄、禍事《まがごと》を引き起こしている、と思われているが、じつはそうではない。厄病神には「引き起こす」ような力はなく、この神がいると、災いが勝手にそこに集まってくるのだ。この老人は、平安の昔、安倍晴明《あべのせいめい》によって絵のなかに封じ込められた悪鬼のひとりで、正式な名を「業輪《ごうりん》叶井《かのうい》下《げ》桑律斎《くわりつさい》」というらしいが、長すぎて舌を噛みそうになるので、幸助によって「キチボウシ」と命名された。

「おまえのどこが勤勉なのだ。絵のなかで寝ているか、座っているか、酒を飲んでスルメを齧《かじ》っているだけではないか」

キチボウシの好物《こうぶつ》は酒とスルメである。幸助がたまたま酒を絵のうえに垂らしてしまったので、八百年の眠りから覚《さ》め、絵から抜け出したのだ。厄病神に居つかれるとこの家に災難が集まってくる。現に、キチボウシが棲みついてから、雷は落ちるわ、刃物を持ったごろつきが飛び込んでくるわ、酔っぱらった相撲取りが壁に張り手をかますわ、暴走した馬が突然走り込んでくるわ……とにかく「天下の擾乱《じょうらん》」とまではいかずとも、ろくでもないことが立て続けに起こる。すべてはこの老人のせいなのだが、幸助は放置している。なぜなら、キチボウシを追い出せば、よそのだれかが迷惑をこうむる。厄病神としてはたいした力はないようだし、多少の災厄は自分が引き受けよう……幸助はそう考えたのである。

「我輩も、おのれが怠惰じゃと思うていたが、おのしには負ける。大穴のあいた天井を直そうともせぬのだからな」

これも幸助に降りかかった災難のひとつである。先日、幸助の留守中に長屋に入ってきた花火売りがけつまずき、カンテキのうえに倒れ込んだ拍子に火薬に引火して、天井が吹っ飛んだのだ。

「ははは……おまえが必死になってトンテンカン、トンテンカンと天井を修繕《しゅうぜん》しているる様子はなかなか面白かったぞ」

「馬鹿を言うな。我輩とて、やりとうもなかったが、絵のうえに雨が降り込むゆえ仕方なく穴を塞《ふさ》いだのじゃ」

キチボウシはプーッとふくれた。

「あの災難も、もとはと言えばおまえが招いたものだろう」

キチボウシはぷいと横を向いた。そのとき、

「びんぼー神のおっさーん！　おっさーん！　びんぼー神のおっさーん！」

こどもががなりたてる声と狭い路地を走ってくる足音が聞こえてきた。筆問屋「弘法堂」の丁稚《でっち》亀吉《かめきち》である。キチボウシは老人からネズミのような小動物の姿に変貌《へんぼう》した。全身に茶色い毛が生《は》え、尻尾《しっぽ》もふさふさしている。

「びんぼ神のおっさん！　びんぼ神！　びんぼ神！」

「ああ、うるさい。いるから入ってまいれ」

「へーい！」

くりくりした目の丁稚が入ってきた。キチボウシは部屋の隅《すみ》にこそこそと隠れた。

「おまえはどうしていつも家の外で『びんぼ神』と大声に呼ばわるのだ」

「すんまへん。つぎからはもう少し静かに声かけますわ」

「そこではない。『貧乏神』ではなく、ほかの呼び方はできぬのか」

「びんぼ神はあきまへんか？　ほな、貧乏男」

「よけいいかぬわ」

幸助は苦笑《くしょう》した。

「筆の材料持って参じましたさかいお納めを」

亀吉は風呂敷包みを幸助に手渡した。なかには竹軸と動物の毛が入っている。すでにべつの職人が、毛のなかから使えないものを取り除き、寸法を揃《そろ》えてある。幸助の仕事は、毛に糊《のり》を混ぜ、芯《しん》を作って、糸で縛《しば》り、筆の穂先を作り、それと竹軸を組み合わせることだ。なかなかたいへんな作業だし、儲けも少ないが、筆を買ったものに気分よく文字や絵を書いてもらいたいので、手は抜けない。絵師である幸助にとって筆はおろそかにはできぬ大事な道具である。

「今日の毛は馬とタヌキだす。よろしゅうお願いします。これは受け取りだす」

幸助は出された紙におのれの名を書き、亀吉に渡した。これでもう用事は済んだはずなのだが、亀吉はいつも腰が重い。あaだこうだと理由をつけては居座《いすわ》ろうとする。店に戻っても番頭にこきつかわれるだけなので、行く先々で油を売り、ちょっとでも店に帰る時間を遅らせようとしているのだ。

「先生、なにか近頃面白い話おまへんか」

「さあなあ……俺は仕事のないときは日がな一日ごろ寝しているからな……」

「なまけものやなあ」

キチボウシが部屋の隅で「キチキチッ」と鳴いたとき、

「先生、いてはりまっか！」

飛び込んできたのは三十過ぎの小柄な男……瓦版屋の生五郎《なまごろう》だった。

「ああ、いてはった。――丁稚さん、用事は済んだんか？」

「へえ、もう去《い》ぬとこだす」

「そらよかった。ほな、こっちの用事、話させてもらいまっさ。また、絵をお願いします」

幸助は、生五郎が作っている読売《よみうり》（瓦版のこと）に添える挿し絵《さえ》をときどき頼まれる。そのときは本来の絵柄ではなく、わかりやすい絵を描くことにしている。生五郎はもともと「政五郎《まさごろう》」だったのを、「瓦版というものはとにかく早く、生々しいネタを届けるのが身上」という考え方から「生五郎」に改名した、というだけあって、とにかく少しでも早く摺《す》りたいという思いが強く、幸助がほかの絵師よりも筆が早いところから、ここ一番というネタのときはここに来るのだ。

「急ぎか」

「もちろん」

「どういう件だ」

「駕籠屋がスッポンの化けもんを乗せた、ゆう一件だす」

「なんだ、怪談か」

「きのうの晩のことだすけど、作り話やないみたいだっせ」

亀吉は少し後ろに下《さ》がって気配を消し、興味津々《きょうみしんしん》で聞き耳を立てている。

「『駕籠常』ゆう駕籠屋の良太と牛次郎という駕籠かきが、夜さりに坐摩神社の裏手で若旦那風の男を乗せましたんや。若旦那は、おのれが手ぇつけた娘が死ぬの生きるのと言うとるのを説き伏せにいくところでな、行き先は専念寺。その娘の親の墓がある場所ですねん」

生五郎は、昨夜のできごとを早口で詳《くわ》しく幸助に説明した。聞きながらも幸助はさらさらと筆を走らせている。駕籠のなかから川へ飛び込もうとしている巨大なスッポンと、それに驚いて逃げ出す駕籠かき、尻もちを突く駕籠かきの絵がみるみるうちにできあがっていく。亀吉は目を輝かせて、

「えらいもんやなあ……」

小声でつぶやいた。

「ところが、寺には着いたものの、駕籠にはだれも乗ってない。駕籠かきが仰天してるところへ娘が現れ、駕籠のなかを見て、若旦那がおらん、一緒にあの世へ行く、ゆう約束やったのに、と言うたあとどこぞへ行ってしもた」

亀吉が、

「怖あ……」

「それだけやない。そのあと、難波橋の橋桁に土左衛門がひっかかってるのを通りすがりのもんが見つけて、調べてみたら、これがそのスッポン屋という漢方薬問屋の若旦那やったらしい」

「専念寺と難波橋ではかなり離れておるな」

「天満橋あたりで大川に放り込んだのが流れていったんだすやろな」

生五郎がそう言ったとき、幸助はおまけに、地面で燃え上がっている提灯を描き添えて、

「これでよいか」

「さすが先生、いつもながらお見事だす。ほな、わては版を彫りにいきますさかい、これで失礼します。今ちょっと手元不如意《てもとふにょい》なもんで、絵の代金は今度持ってきまっさ」

「いつでもよいぞ」

　生五郎は絵を大事そうに捧げ持つと、大急ぎで帰っていった。亀吉が、止めていた息を吐くと、

「うはあ、怖かったーっ！　先生、今のほんまのことだすやろか」

「さて、どうだろうな。おそらく、若旦那とやらが川で死んでいたことは間違いないだろうが、駕籠屋がスッポンの精を乗せた、というのはどうかな。寺に行ってくれ、と言ってその寺に着いたら姿が消えていた。その寺は娘の菩提寺だった……というのはちょっとできすぎだろう」

「ほな、駕籠かきが嘘言うてる、ゆうことだすか」

「そうとはかぎらんが、幽霊だの化けものだの、といったもののほとんどは見間違いや勘違いだそうだ」

「なーんや、しょうもない。——そろそろ帰らんと、さすがに番頭はんにどやされるわ。ほな、先生、五日後に取りにきまっさ」

亀吉は、来たとき同様どたばたと足音を響かせて帰っていった。小動物から老人の姿になったキチボウシに、幸助は言った。

「どう思う？」

「間抜けな駕籠かきが客に乗り賃を踏み倒されて、その言い訳に妖怪話をでっち上げた、というところじゃろ。くだらぬ」

「こしらえごとにしては辻褄《つじつま》が合わぬところがある。スッポンはともかく、なにゆえ男はひとりで川に飛び込んだのだ。死ぬべきは娘であって若旦那ではない。それがさかさまになった理由はなんだ」

「知るか。そんなことより、酒はないのか」

「ない。――買いにいくか」

「スルメも頼むぞよ」

キチボウシはにやりと笑った。

◇

スッポンを乗せた駕籠の噂はたちまち大坂中に広まった。

「あいつらの駕籠に乗ったらスッポンの化けものに取《と》り憑《つ》かれるで」

「乗ってる途中で消えてしもた客がぎょうさんおるらしい」

などと言い立てるものたちがいて、良太と牛次郎の駕籠を使おうとする客はほとん

どいなくなった。街角で客待ちをしていて、良太たちの顔を知らぬ客が乗ろうとすると、通りすがりのだれかが、

「おい、その駕籠、スッポン駕籠やで」

「えっ、これがか。危ないとこやった」

こうして客はほとんど寄り付かなくなった。駕籠常の店先で待機していると、商家の主風の男が飛び込んできて、

「駕籠常はん、立花屋《たちばなや》やけど平野町《ひらのまち》まで駕籠一丁頼めるか。急いどるのや。酒手《さかて》ははずむで！」

丁稚が、

「へえへえ、ちょうど今、二丁空《あ》いとります。どちらにしはりますか」

「そやなあ、えーと……」

良太が身を乗り出して、

「お客さん、わいと相棒は速いことならどんな駕籠にも引けは取りまへんで」

「そうか。ほな、あんたに頼もか……」

そう言いかけたとき、隣にいた力丸《りきまる》という駕籠かきが、

「お客さん、やめときなはれ。こいつら、スッポン駕籠だっせ」

「スッポン駕籠？　もしかしたら、乗せた客が消えてしもて、大川に死骸が浮いてた、ちゅうアレか？　読売で読んだがな」

力丸が、

「そうだす、そうだす。こんな駕籠に乗ったら、お客さん、消えてしまいまっせ。あの若旦さん、いまだに成仏《じょうぶつ》できんとこのあたりをさまよってるのとちがうやろか。その点、わての駕籠ならそんな心配はいりまへん。安心して乗っていただけます」

良太が、

「力丸、いらんこと言うな」

「ほんまのことやないかい」

「なんやと、こらあ、やるんかい」

客が、

「喧嘩《けんか》すな。どっちに乗るかはわしが決める。――やっぱり怖いさかい、そっちにするわ」

力丸が、

「へえ、おおきに！　すぐに支度《したく》しまっさ」

力丸と相棒の万次《まんじ》は店を出ていくとき良太をちらと見て、

「へへへ……残念やったな。行ってくるわ」

「ひとの仕事を取るな！」

「わては稼がなあかんのや。悪う思うな。へっへっへっへっ……」

力丸は博打好きで始終賭場に出入りしており、多額の借金があるらしい。駕籠かきが待ち時間の暇《ひま》つぶしに仲間内で多少の博打をするのはありがちだが、力丸は度を超していた。常彦がときどき叱るのだが、素行を改めようとはしないのだ。

「ちーっ……久々の仕事やと思たのに」

良太はため息をついた。ずっとため息をつきどおしなのである。

「なにもかもうまいこといかん。やけ酒でも飲みたいけどなあ……」

「兄貴、金がないがな」

牛次郎が言った。良太が、

「そやなあ……。これもみな、あの瓦版のせいや。なにがスッポン駕籠じゃ！　わい、だんだん腹立ってきた。わいらの許しも得《え》んと勝手なこと書きくさって、ひとの商い邪魔しやがって……。ああ、ムカムカする。よし、決めた。明日、瓦版屋に怒鳴り込んだる！」

「わても行こか？」

「おまえはやめとけ。力が強すぎるよって、おおごとになるかもしれん」

「ははは—、家潰《つぶ》してしまうかもしれんもんな。けど……ほんま、かなわんわ。昼は顔がバレるけど、夜やったら頬かむりしてたらわてらやとわからんのとちがうか」

「うーん……まあ、夜の仕事はしばらくやめとこ。スッポンも幽霊も好かん。あんな怖い目に遭うのは二度とご免や」

「昼間の仕事がないさかいしゃあないがな」

「そないにもうけんでもええやろ。わいら、女房もこどももおらん。親兄弟もない。自分が食えりゃあ御《おん》の字《じ》や。駕籠かきなんて、もともとそないにもうかる仕事やない」

　そう言うと良太はごろりと横になった。

◇

　その日、幸助は朝から筆の穂先を軸に取り付けていた。一本一本ていねいに仕上げねばならず、なかなか骨の折れる作業である。

「ああ、退屈ぞよ。近頃、災いごとが起こらぬからのう」

隣でスルメを齧っていた老人姿のキチボウシが言った。

「災いごとなど起こらぬ方がよい」

幸助が言うと、キチボウシは「キチキチッ」と笑うと、

「おのしも退屈であろう。日がな一日筆をこしらえておるか、酒をかっくらって寝ておるかだ。なにか起きてほしいと……その顔に書いてあるぞよ」

「うるさいな。あまりしゃべりかけるな。手もとが狂うではないか」

そのとき、

「先生、いてはりまっかー」

と入ってきたのは瓦版屋の生五郎である。キチボウシは転がるようにして壁にかけてある絵のなかに飛び込んだ。陰陽師の安部晴明と付喪神《つくもがみ》を描いた図である。五体並んだ付喪神のなかにキチボウシが加わった。

「こないだの絵の代金、お支払いするのを忘れとりました。えらいすんまへんでした。おかげで、あのスッポン駕籠屋の読売、よう売れましてなあ。これがお代だす」

「おお、すまんな。——で、あの騒ぎは結局どうなったのだ」

「わても、こないだのが評判になったので、続きを出そうと思て、タネ取りに走り回っとります。くめという娘は、若旦那がひとりで死んだ、と聞いて憑きものが落ちた

ようになって、今はおとなしゅうしとるそうだすわ。吟味《ぎんみ》を担当しとる同心は西町の古畑で……」

「あいつか……！」

幸助も生五郎も、古畑に対して良い印象はひとつも持っていなかった。空威《からい》張《ば》りで、居丈高《いたけだか》で、弱いものには強く、強いものには弱い。町人や百姓を馬鹿にする。賄賂《わいろ》をもらえば悪事も見逃《みのが》す。ろくでもない町方同心の典型のような人物である。

「そうだすねん。直《じか》にタネを取りにいっても答えてくれるような相手やない。しゃあないから手下の白八にたらふく酒を飲ませて聞き出しました」

「あの男は酒にだらしないな。まあ、ひとのことは言えぬが……」

「どうやら若旦那は、川に落ちたのでも自分から飛び込んだのでもない。殺されたらしゅうおますのや」

「なんだと？」

「白八の言うには、首を絞められた跡があった、とか。早う下手人を挙《あ》げるように与力にせっつかれて、往生しとる、て言うとりました」

「ふーむ……その漢方薬屋の若旦那、素行はかなり悪かったと聞いたが……」

「悪い、てなもんやおまへんで。ええ女子と見たらだれでも口説いて、ものにして、飽きたら捨てる。相手が素人《しろうと》でも商売女でもだれかれかまわんかったみたいで、かなり恨みを買《こ》うてたそうだすけど、なんせ金持ちのぼんぼんやさかい、揉《も》めごとになっても銭でカタをつける。なんとかいう船頭の娘は、とうとう自害しよったらしいけど、それも金で揉み消したらしい。あと、茶屋での遊び方も芸子がドン引きするようなけったいな遊びが好きで、スッポン屋の若旦那のお座敷、と聞いたら、出るのを嫌がる子も多かったとか……」

「どんな遊び方なんだ？」

「たとえば……芸子や舞妓、太鼓持ちを集めて小判を撒《ま》くようなお大尽《だいじん》もいてますわな」

幸助の脳裏《のうり》に、ある人物の顔が浮かんだ。

「けど、姜太郎は小判どころか、ウナギやドジョウ、フナやカメなんかを撒きますのや」

「はあ……？」

「座敷を田んぼに見立てて、まずはたっぷり水を撒きますねん。そこで皆に尻まくりさせて、笠をかぶらせて、田植えの真似事《まねごと》させるそうだす。三味線や太鼓入れて田植え歌で囃《はや》し立てて……。座敷がびしょ濡れになって、終わったら畳を全部入れ替えなあかん。あとでなんぼ畳代くれたかて、下に水漏れがして根太《ねだ》が腐る、ゆうて茶屋の女将《おかみ》はぼやいとるらしい」

「はははは……趣味の悪いやつだな」

「死んだもんのことをけなすのは気が引けますけどな、たしかに悪洒落のきついお方やったみたいだすな。スッポン屋の親旦那も、はっきりとは言わんけど、厄介もんが死んでよかった、ぐらいに思うとるらしい」

「あとはだれが殺したか、だが……まさかと思うが、くめという娘の仕業《しわざ》ではあるまいな」

「駕籠屋の話では、天満寺町に行く途中までたしかに若旦那は乗ってたけど、専念寺に着いたら姿がない。そこにいたのがくめやさかい、くめには手を下《くだ》せまへんやろ」

「くめに頼まれて、駕籠屋が嘘をついているのかもしれぬ」

「それを言い出したら、駕籠屋がふたりで示し合わせて若旦那を殺して川に放り込んだ……ゆうことも考えられますわな」

「なんのために？」

「財布を奪うためとか、恨みを晴らしてくれ、とくめに頼まれたとか……」

「だとしたら、若旦那を乗せたこともくめに会ったことも内緒にしておけばよい。なにゆえ姿が消えた、だの、寺についたら娘がいた、だのとわけのわからぬ話をする必要がある？」

「それもそやな……」

「一度その駕籠かきに会うてみたいものだ」

「ご関心がおますか」

「暇なもんでな」

「駕籠常ゆう店におる良太、牛次郎ゆう駕籠かきだすわ。一緒に行きまひょか」

生五郎がそう言ったとき、

「こらあ、読売屋の生五郎《いきごろう》ゆうのはおのれか！」

突然、外からだれかが怒鳴り込んできた。

「生五郎《いきごろう》やない、生五郎《なまごろう》や」

「いきでもなまでもどっちでもだんない。ようもあんなこと書きさらしやがったな」

男はゲンコツを固めていきなり生五郎に殴りかかったが、生五郎がひょいとよけたのでたたらを踏み、幸助が調《ととの》えていた筆の束《たば》をひっくり返した。幸助は舌打ちをして、

「久々に災いごとがやってきたな……」

とつぶやいた。生五郎は、

「お、おまえ、だれや」

「わいは駕籠かきの良太ゆうもんや。おまえの家に行ったら、留守番のもんがここを教えてくれたのや」

　生五郎は幸助に、

「先生、早速願いが叶《かな》いましたで」

「そのようだな」

「もう逃げられへんで。おまえの配った瓦版のせいで、スッポン駕籠屋て言われて仕事がのうなってしもた。どないしてくれるんじゃ」

　そう叫ぶと、良太はなおも生五郎に打ちかかる。生五郎は逃げる。どたばたどたばたと埃《ほこり》がそこらじゅうに舞い上がり、とうとう良太は畳を踏み破り、つんのめった拍子にまたしても筆をばらまいた。ふたりを見ていた幸助が、

「良太。俺はおまえに会いたかったのだ。読売に書いてあったこと、あれは本当のことか」

「そや、もちろんほんまのことや。わいは『まっすぐの良太』と二つ名のある男やで。閻魔《えんま》さんのまえでも嘘はつかん」

「それなら仕方あるまい。生五郎が嘘を書いたのだとしたら怒ってもかまわぬが、事実を書かれて怒るというのは筋が通るまい」

良太はハッとした様子で、

「それもそやな……」

「おまえがスッポン屋の若旦那を乗せて専念寺に行き、そこで駕籠を下《お》ろしたところ、若旦那が消えていた……というのが嘘でないならば、堂々としておればよい。噂などすぐに消える。幽霊が乗ったなどと面白おかしく書き立てられたゆえ不快かもしれぬが、その記事が大坂の町のものたちの一時《いっとき》の娯楽になった、と思うて辛抱《しんぼう》してくれ」

「あの……ご浪人さんは……？」

「俺は葛幸助という絵師だ。あの瓦版の絵を描いた。おまえが畳を踏み抜いたこの家の主でもある。おまえがひっくり返してくれた筆を作る仕事をして口を糊しておる」

「うわっ、すんまへん！」

良太はちらばった筆をあわてて片付けようとしたが、

「もうよい。それよりも、おまえがスッポン屋を乗せた駕籠屋ならばたずねたいことがあるのだが、よいか」

「へ、へえ……なんなりと……」

「姜太郎を乗せたときから専念寺に着いて娘と出会うまでの様子をできるだけ細《こま》かく逐一《ちくいち》話してもらいたい」

「なんや、そんなことならお安いご用や」

良太は、スッポン屋姜太郎がスッポンの精だと冗談を言い、ドジョウを地面にばらまいたことや、今から会いにいく娘についてしゃべった内容に自分がムカついたこと、酔っぱらった男が駕籠を止めたこと、そのあとすぐ近くの川で水音がしたこと、座布団が水に濡れていたことなどをはじめ、詳しく幸助に話した。

「なるほど、これでわかった」

すぐに幸助がうなずいたので良太は目を丸くして、

「なにがわかりましたのや」

「若旦那が駕籠から消えたわけが、だ」

「えーっ！」

良太と生五郎は同時に叫んだ。

「良太、おまえは先棒だろう」

「そうでおます」

「つまり、後ろの様子は見えていないのだな」

「へえ……」

「やったのは後棒の男……牛次郎だ」

「えっ？　それはないと思います。あいつはいたって心根《こころね》の優しい、ひとを疑うことを知らんやつで……」

「馬鹿力だろう」

「駕籠かきになるまえは、道端で牛を持ち上げたり、臼《うす》を持ち上げたりする芸を見せて金をもろてたそうだす。ときには鉤《かぎ》が折れて落っこちた寺の鐘《かね》をひとりで持ち上げたこともあったらしゅうおます。ここに連れてこんかったのも、力が強すぎて長屋ごと潰してしまわんかと心配で……」

「真相はおそらくこうだ。牛次郎はひとの言葉を疑うことを知らぬ男だから、姜太郎が自分はスッポンの精だと名乗ったのを信じてしまった。姜太郎がドジョウを持っていたのは新町のお座敷遊びで撒いた残りだ。たぶん竹筒かなにかに入れてあったのだろう。また、牛次郎はおまえと同様、姜太郎の言動に腹を立てていた。だから、酔っ払いが駕籠を止めたとき、姜太郎を引きずり出して、川に投げ込んだのだ」

「けど、あの場所から大川まではけっこう離れてまっせ」

「胸ぐらか帯でもつかんで、そのまま放り投げたのだ。たぶん、左手だけで瞬時にやったのだろう。牛を持ち上げる怪力の持ち主でなければできぬことだな」

生五郎が、

「ほな、姜太郎は空中を大川まで飛んだ、ゆうことだすか。仁王《におう》さん並の力やなあ。信じられまへんわ」

良太が、

「いや……あいつやったらやりかねん。あのとき聞こえた水音はそれやったんやな。――けど、おかしいわ。あのあと、わいはまた駕籠を担ぎましたけど、空駕籠やったら重さでわかるはずだっせ」

「牛次郎は棒を押さえつけて、ひとが乗っているぐらいの重みがおまえの肩に加わるように加減していたのだろう」

「ほな、水音がしたときから専念寺に着くまでは駕籠は空やったんやな。道理で、着いたらだれも乗ってへんかったはずや」

「座布団が濡れていたのは、若旦那の竹筒からこぼれた水のせいだと思う。――というのが俺の絵解きだ。細かいところは違っているかもしれんが、だいたいこんなところだろう。牛次郎という男に確かめてみるがいい」

良太は、

「いや……おみそれしました。それに違いない。先生、あんたはえらいわ。けど……牛次郎も無茶しよったな。人間ひとり川にぶち込んだら溺《おぼ》れて死ぬかもしれん、ぐらいのことはわかるやろうに」

「忘れたか。牛次郎は、姜太郎をスッポンだと信じ込んでいた。人間を放り投げてはいかんだろうが、悪さのすぎるスッポンを川に戻すだけなら大事ないと思ったのだろう。それに、姜太郎は水死ではなく、首を絞められて殺されたのだ。牛次郎には姜太郎への恨みはなかろう。つまり、姜太郎殺しの下手人はほかにいるはずだ」

「それはいったい……」

「ははは……そこまではまだわからぬ。今からゆっくり調べてみるか」

　良太が感心したように、

「頭のええおひとや。なんでそんなに頭のええおひとが、こんなびんぼ……貧しいものが住む長屋できゅうきゅう言うてますのや」

「べつにきゅうきゅう言うておるわけではない。好きで住んでいるのだ」

「その奥ゆかしさが気に入りました」

　生五郎が両手を叩き合わせて、

「こら売れること間違いなしの、ええ瓦版のタネや。先生、うちでいただきまっせ！」

　そのとき、

「えーと……このあたりに葛幸助ゆう絵描きの先生のお住まいは……」

　そんな声が表から聞こえた。

「今日は千客万来《せんきゃくばんらい》の日だな。葛幸助は俺だが……？」

　入ってきた男の顔を見て良太が、

「あっ、親方！」

　男は常彦だった。

「良太、探したで！　おまえが瓦版屋に怒鳴り込みに行った、ゆうから行ってみたら、ここやと聞いてな……」

「なにかおましたんか？」

「牛次郎が……召し捕られたで。あの古畑とかいう顔の長い西町の同心とその手下がさっき急に店に来てな、牛次郎に縄かけよった」

「ええっ！」

　幸助が、

「なんの罪で、だ」

「スッポン屋姜太郎を殺して金を奪った罪やそうな。死罪は間違いないやろ、て言われとるらしい」

「なんだすて？　今、姜太郎を殺したのは牛やない、下手人はべつにおるはずや、とこの先生が絵解きしてくれはったところだす。親方……わい、今からお奉行所に行って、牛次郎のために申し開きを……」

「あかんあかん！　良太、おまえも召し捕られることになっとるのや。駕籠かきはふたりで一組や。後棒のしとることを先棒が知らんはずがない。おまえと牛次郎が示し合わせて姜太郎を殺し、死体を川に捨てて、そのあと姜太郎が乗っている体《てい》で空駕籠を専念寺まで運んで、なかをのぞいたらだれもおらんからびっくり……という幽霊話をでっち上げた、と古畑は思うとるらしい」

「そんな手間なことしますかいな……」

「見つかったらおまえも牢に入れられてえらい目にあわされるで。ここから出ていったらおしまいや。わしは古畑に、おまえがどこに行ったか言うてない。うちの連中にも口止めしてある」

　幸助が、

「こうなったらばたばたしても仕方がないぞ。しばらくここにいて、これからどうするかじっくり考えろ」

「けど、牛が……」

立ち上がったり座ったりを繰り返している良太に常彦が言った。

「おまえはほんまに牛次郎思いやな。気持ちはわかるけど、おまえひとりの力ではどうにもならん。牛次郎が濡れ衣《ぬれぎぬ》やとしたら、それを晴らすためにもおまえは捕まったらあかんぞ。うちの店に戻ったらきっと捕まる。こちらの先生のせっかくのご厚意や。隠れとけ」

「へえ……ほな、そうさせていただきまっさ。――ああ、でも、牛のことが心配やなあ。天満の牢での責めはきつい、ということを聞いてます。あいつは頑丈《がんじょう》やから少々どつかれても大丈夫やろけど、石抱かされたり、逆さに吊り下げられたりしたら……」

幸助は立ち上がり、

「わかった。俺が牢に行ってそれとなく様子を見てこよう。拷問の類《たぐい》は町奉行の許しを受けねば行えぬ決まりだ。行き過ぎた吟味のやり方をしておるようなら、とがめねばならぬからな」

「おおきに……おおきに」

良太は幸助を伏し拝《おが》んだ。常彦も、

「先生……良太も牛次郎もわしの大事なこどもみたいなもんでおます。助けとくなはれ」

「できるかぎりのことはしよう。ああ、それと良太……壁にかけてあるあの絵に触《さわ》ると祟《たた》りがあるから気を付けてくれ」

「ひえっ、そんな怖い絵だすか。ぜーったい触りまへん」

「あと、ときどきでかいネズミみたいなのが出てくることがあるが、噛まれると大怪我するからちょっかいを出さぬほうがよい」

「へっ、わかりました！」

家を出た幸助は、途中、生五郎、常彦と別れると、天満の牢屋に向かった。大坂町奉行所の牢屋敷は「天満の牢」と呼ばれてはいるが、実際には西町奉行所より南の与左衛門町《ざえもんまち》にある。牢屋敷のあたりに来ると、なんだか雰囲気《ふんいき》がおかしい。棒を持った小者《こもの》や十手を帯に差した長吏、小頭《こがしら》たちが右往左往し、数名の同心が出たり入ったりしている。なかに古畑良次郎のヘチマ顔を見つけた幸助は思い切って近づいていった。古畑は汗を拭きながらまわりのものに大声で指図している。

「まだ遠くへは行っておるまい。探せ……探すのだ。草の根を分けても探し出せ！ええい、なにをしておる。早う行かぬか！　東を当たる組、西を当たる組、南、北……と四つの組に分かれて探索せい」

「ですが、古畑さま……」

牢番らしき小者が、

「牢が手薄になりまするゆえ、この件だけのために皆を動かすことはできませぬ。例の抜け荷の一件で東町も西町もどちらが月番とか関係なく働いておるのです。此度《こたび》の牢破り、多少の人数なら割《さ》けますが、あとはどうか古畑さまご自身でお探しくださいませ。古畑さまのしくじりでございますから……」

「なんだと？　私が悪いとでもいうのか？」

「そうではないので？」

「私は悪うない！　おまえたちが間抜けだからこんなことになったのだ。責めを負うべきはおまえたちだ。疾《と》く探せ。それとも私の言うことが聞けぬとでもいうのか」

「古畑さまのおっしゃることを聞いていたら、我々が牢屋敷詰合役の旦那に叱られます」

「おまえたちのことなどどうでもよい。私がお頭から叱られるではないか！　どうしてくれる」

「どうしてくれるとおっしゃられても……」

なんだかやけに揉めているようだ。幸助が、

「取り込み中悪いが、なにかあったのか？」

古畑は長い顔をしかめ、

「また、おまえか。今は大事な一件の始末で忙しい。なんの用か知らぬが帰れ」

「大事な一件、というのは駕籠かきの良太と牛次郎のことであろう」

「なに？」

「俺はあのふたりはスッポン屋の若旦那殺しの下手人ではない、と考えておる。その話を聞いてもらいたい、と思うてな」

「くだらぬことを……。あのふたりに決まっておる。姜太郎は駕籠に乗っている途中で姿を消した。そのあと、首を絞められた死体が難波橋の橋桁に引っかかっているのが見つかった。駕籠屋が殺《や》ったとしか思えぬ」

「姜太郎を呼び出したくめという娘はどうなんだ」

「くめは待ちぼうけを食らわされた側だ。いつ、どこで姜太郎を殺すのだ。駕籠屋だ、駕籠屋しかないのだ」

「頭が固いな。そんなことでは同心として立身は望めぬぞ」

幸助が言いかけたとき、ひとりの同心がやってきて、

「古畑、吟味方与力の坂上殿《さかがみ》が呼んでおられるぞ」

「なに？」

「此度の不祥事《ふしょうじ》についておまえの話をききたい、と仰《おお》せだ。すぐに奉行所に戻れ」

古畑良次郎はため息をつき、その同心のあとに従った。幸助は古畑の手下である白八を見出《みいだ》して、

「おい、なにがあったのだ」

白八は面白そうに、

「へへへへ……聞きとうおますか」

幸助がうなずくと、

「けど、うちの旦那のしくじりをばらしたら叱られますさかいなあ……どないしようかなあ……困ったなあ……」

しゃべりたくて仕方ないようである。幸助は金を白八に握らせると、

「今夜にでも煮売り屋で一杯やれ」

白八は舌なめずりをすると、

「さよかあ？　しゃあないなあ。ほな、しゃべりますけど、わてから聞いたこと、旦那には内緒にしとくなはれや。——牛次郎が逃げましたのや」

「なに？」

「うちの旦那がこの牢屋の穿鑿所《せんさくしょ》で牛次郎を鞭打ちしようとしたのやが、いくら打ってもケロッとしとるさかい、業《ごう》を煮やして石を抱かせることにしたらしい。算盤板《そろばんいた》に座らせて膝に石を載《の》せていき、五枚載せたときに牛次郎は縄を引きちぎって暴れ出しましてな、石を持ち上げて旦那に向かってつぎつぎ投げつけて……」

「はははは……そりゃすごいな」

「ビビッた旦那が逃げ回るのを牛次郎は追いかけて、そのうちに穿鑿所の戸をぶち壊して外へ出ていったらしゅうおます」

穿鑿所は、牢屋敷の玄関を入ってすぐのところにある。

「目付《めつけ》衆や打ち役同心、牢屋下男などはなにをしておったのだ」

「それがその……うちの旦那は手柄を独り占めしたいもんで、だれにも言わんと勝手に責めをしようとしてたみたいだすな。いつものことだすのや」

「ひどい話だな」

「へえ。逃がしてしもたんで吟味方与力の旦那がえらいご立腹やそうで、今ごろどやしつけられとると思いますわ。そのあと、たいがい腹いせにわてを叱りますのや。かなわんさかい、今夜はとっとと煮売り屋に逃亡しまっさ」

「そうしろ、そうしろ」

　そう言うと幸助は牢屋敷をあとにした。

◇

　長屋に帰ると、良太がネズミに似た小動物と遊んでいる。

「おい、嚙まれるから気を付けろと言うただろう」

「ああ、お帰りやす。こいつ、嚙みまへんで。スルメあげたらキチキチッと鳴いてなんぼでも食いよる。もっとくれ、もっとくれ言うて催促《さいそく》しよりますわ」

「うむ、そいつはスルメと酒が好きでな」

「酒も飲みまんのか。ネズミのくせにぜいたくなやつやな。――牛次郎はどないしとりましたか」

「それが……逃げたらしい」

「なんだすて?」

「古畑という、同心に石を抱かされている途中で、その石を投げつけて脱獄したようだ」

「えーっ……どないしましょ。牢破りなんかしたら、今度捕まったときに罪が重うなるのとちがいますか」

「やってしまったものはしかたがない。われらの手で姜太郎を殺したまことの下手人を捕まえて、嫌疑を晴らすよりほかない。——牛次郎が立ち回りそうな先はどこだ」

「そうだすなあ……。店に戻るか、わいがここに来とることを知ってるさかい、ここに来るか……ほかには立ち回りそうなところは考えつきまへんわ」

「うーむ……」

　幸助が考え込んだとき、

「カッコン先生、いてはりまっかー」

　入ってきたのは家主の藤兵衛だった。

「おう、家主殿か」

「うちのみつがまた飯を炊《た》き過ぎましてなあ、悪いけど昼飯、うちで食べてもらえまへんか。——おや、そちらのおかたは？」

「俺の知り合いで駕籠かきの良太という男だ。訳あって今日からしばらく俺と同居することになった。よろしく頼む」

「さいでおますか。先生のご推挙《すいきょ》ならもちろんかましまへん。どうだす、今からご一緒にうちで昼飯というのは……」

「ありがたい。良太、家主殿が昼飯をおごってくださるそうだ」

「わいみたいなよそもんがよばれてもよろしいのか」

藤兵衛はえびす顔でうなずいた。外へ出て、藤兵衛から少し遅れて歩きながら、良太は幸助に小声で、

「面倒見のええ家主さんだすな」

「飯を食いにこい、としつこく誘いにくるので、何べんかに一度は応じることにしているのだ。すきっ腹なのに米も味噌もないときにはありがたい」

藤兵衛の家は、幸助のところから東へ八軒先にある。

「みつ、先生来てくれはったで。お客さんがいてはったから一緒に食べてもらうことにした」

ひとり娘のみつは、まだ十五だが料理が上手い。ありあわせの材料で手早くちゃっちゃっと作ってしまうが、味も良い。藤兵衛は板前にしたいらしいが、女の板前というのはほとんどいないのだ。

藤兵衛はどっかりと膳《ぜん》のまえに座り、幸助と良太もそれにならった。幸助が藤兵衛に、

「お内儀は……？」

「さあ、どこやったかいな。――みつ、婆さんどこ行った？」

藤兵衛の妻はたいがい家にいない。幸助も顔を見たことがないほどである。べつに幸助を嫌っているわけではなく、外出が好きなのだろう。

「うち、料理してたから知らんわ」

そう言いながらみつはイワシの一夜干しを炙《あぶ》ったものを皿に盛り、三人の膳に置いた。まだ、じゅうじゅうと脂《あぶら》が焼ける音がしているイワシは、箸《はし》をつけると身がはぜて、香ばしい匂いが立ちのぼる。あとは大根の漬けものと大根葉を刻《きざ》んでぎゅっと絞《しぼ》り、醬油と鰹節《かつおぶし》をかけたもの、あさりの味噌汁、それに炊き立て熱々の飯だ。

「さあさあ、遠慮せんと食べとくなはれや。みつが飯を炊き過ぎましたのでな、助けると思て、どんどんお代わりしとくなはれ」

良太が、

「美味《うま》い！　イワシはちょうど頃合いの干し加減で、脂もほどよう乗ってるし、熱い飯と一緒に食べたらなんぼでも食えますな。うちの店で出るイワシの塩焼きとえらいちがいや」

幸助も、ひと口食べて感動した。ただのイワシの一夜干しを焼いたものにすぎないが、料理人がちがうとこうまで味がちがうのか、と思わずにはおれぬ。イワシというのはつい焼き過ぎて焦《こ》がしてしまうものだが、焼き加減も絶妙である。そこに大根のカリカリした歯ざわりと、熱い味噌汁の旨味《うまみ》が口のなかで混ざり合うと、下手《へた》な料理屋の高い料理よりよほど美味いと思う。味噌汁の出汁《だし》の塩梅《あんばい》もちょうどよく、しかもあさりの身はどれも肥《こ》えていてぷりぷりしている。

「お代わりどないだす？」

みつが言うと、幸助と良太は同時に、

「お代わり！」

と茶碗を突き出したので、みつはぷっと噴き出した。藤兵衛が、

「ところで、こちらさんはなんで先生のところに……？」

幸助は、先日のスッポン騒動についてひととおり説明した。

「ああ、私もその話、髪結い床で聞きましたわ。作り話やろうと思とりましたけど、ほんまやったとはなあ……」

「寺のまえで駕籠を下《お》ろしたら、乗せたはずの客がおらなんだときは驚きましたけど、その絵解きはこちらの先生がしてくれはりました。でも、その客が殺されて、わいと相棒の牛次郎が下手人にされてしもた。わいはたまたま捕まらんかったけど、町方が

探しとるさかい、先生のところに匿《かくも》うてもらうことにしましたのや」

「なるほど。そういう経緯《いきさつ》ならなんぼいてもろてもかまへんけど、見つからんようにしなはれや。私も、お役人や手下が来たら、知らんぷりしときます」

「おおきに。わいはええけど……牛のやつが今どこでなにをしとるかと思たら、飯も喉を通りまへん。あいつ、ひとりで心細いやろなあ。ひもじい思いしとるのとちがうかな……」

そのわりに何杯もお代わりをしている。幸助が、

「店には町奉行所が網を張っているはずだ。まさかとは思うが、店に戻るようなことはあるまいな」

「なんぼあいつが抜けててもそんなことはせんと思いますけど、行く場所がなかったらわからんなあ……。ああ、どないしよ」

藤兵衛が、

「あんた、よほどその牛次郎という相棒に思い入れがあるようだすなあ」

「牛はかわいそうなやつだすのや。堺《さかい》の百姓の生まれやけど、五歳のとき、口減らしのために母親が寺に預けましたのや。これがえらい貧乏寺でな、小僧は牛次郎ひとりしかおらんさかい朝から夜中までこき使われて、しかも、飯は一日一食、薄い雑炊《ぞうすい》だ

け。修行もさせへん。お経も教えてくれん。和尚は牛次郎を坊さんにするつもりなんぞ端《はな》からのうて、まえの小僧が逃げたさかいにその代わりが欲しかっただけ、みたいだすな」

　みつが、

「そんなアホな！　めちゃくちゃやん」

「薪割《まきわ》り、掃除、洗濯……ただただ働かされる。十五歳のときに、どうしても母親に会いとうなって寺から逃げ出したそうだす。自分を捨てた母親に会《お》うてどないすんねんと思いますけど、家に帰ってみたら母親はとうに死んどったらしい。兄弟たちもちりぢりばらばら、父親は酒浸《さけびた》りでそのうちに死んでしもた。牛次郎は、なんとか親の墓を建てたい、と思たけど、銭がない。それからは物乞《ものご》いをしながら旅をして、神社とか寺の縁の下で寝ながら、一文、二文と銭を貯《た》めたそうだす」

「さぞたいへんだったろうな」

「そのうちに、寺での荒仕事のせいか、力がめっぽう強うなってることがわかって、畑仕事の手伝いなんぞするようになったけど、寺を勝手におん出てますやろ。人別《にんべつ》に載ってへんからまともな仕事にはつけん。無宿ものはお上《かみ》から目ぇつけられるさかい、どこへ行っても嫌われもんだす。それでもあちこち転々としながら、行く先々で岩を持ち上げたり、お寺の鐘を持ち上げたり、牛を持ち上げたり……といった怪力の芸を見せてたそうだす」

「それで牛次郎か」

「だれかが勝手にそう呼んだのを芸名にしたらしい。本名は当人も知りまへん。寺でも和尚からは『おい』て言われてたそうで」

「それはひどいな……」

「あるとき、お堂で寝てたら、せっかく貯めた墓を建てるための金を全部追《お》い剝《は》ぎに取られてしもた。世をはかなんで首をくろうとしてるところへ駕籠を担いで通りかかったのがわいだした。死んだらあかん、ととどまらせた手前、仕事を見つけてやらんと、と思て、うちの親方に相談したら、人別に載ってなくとも、請け人がおらんでもかまへん、働いたらええがな、と言うてもろてなあ……。うちの親方は、がさつで口うるそうて乱暴でがめつうて……たいがいろくなもんやおまへんけど、そういう心意気はおますのや」

　幸助が、

「なるほど、よくわかった。おまえが牛次郎を思う理由《わけ》も、あの親方がおまえたちをかばうわけもな」

飯を食い終えた幸助は、みつが淹《い》れた茶を飲みながらうなずいた。藤兵衛が、

「話はようわかりました。けど、先生のところやと見つかりやすいのとちがいますか。あの同心、先生がスッポン駕籠屋の件を調べてはること知ってますのやろ。急に先生の家に現れるかもしれまへんで」

「うーむ、そうだな……」

「この長屋に今、空《あ》き家《や》がいくつかおますさかい、そこに入ったらどないだす」

日暮らし長屋は、三軒長屋、五軒長屋、十軒長屋……と無計画に建て増しが繰り返され、迷路のようになっている。幸助の棟とはちがう棟に入れば、見つかりにくい。

良太が、

「ありがたいお話やけど、駕籠担いでないさかい銭がおまへんのや。入っても家賃が払えまへん」

「かまへんがな。しばらくのあいだやろ。タダでええ、タダで」

「えっ……」

「あんまり出歩かんほうがええやろから、飯も握り飯かなにかにして差し入れたるわ」

良太の両眼から涙が噴き出した。

「ははは……泣くようなことやないやろ」

「おおきに……今日会うたばかりのわいに……おおきに……」

家を出るとき、藤兵衛は燗冷《かんざ》ましの酒を貯めておいたものだ、と言って、幸助に徳利《とっくり》を手渡した。同じものを良太にも渡し、

「ほな、空き家まで案内するさかい、あんたは私と来とおくれ」

幸助は良太に、

「早く牛次郎と駕籠を担ぎたいだろうが、今は辛抱だ。近いうちに濡れ衣も晴れるだろう」

しかし、事態は幸助の言葉とは逆に向かっていったのである。

◇

安綿橋《やすわたばし》の南詰めあたりのことを俗に「住友《すみとも》の浜」という。ひと通りが少なく、昼間でも物寂《ものさび》しい場所である。そこに一丁の駕籠がやってきた。先棒の男が後棒に、

「おい、牛次郎、ここらでええやろ。駕籠下ろせ」

「わかった、良太の兄貴」

急に駕籠が止まったので、客がなかから顔を出し、

「どないしたのや。わし、急いどる、て言うたやないか。こんなとこで一服しとらんと、早うやってくれ。走り増しが欲しいんか?」

客は、黒田《くろだ》屋という薬種問屋の隠居だった。

「いいえ、お客さん、欲しいのは走り増しやおまへんのや」

「ほな、なんや」

客がそう言うと、後棒の男がいきなり刃物を突き付け、

「命が惜しかったら、金出さんかい」

「ひえっ……雲助やったんか」

「クモ助やない。わいらはスッポン駕籠屋や」

「えっ? 客が消えて、大川に浮かんでた、ていう……うわあ、えらい駕籠に乗ってしもた」

「ぐずぐず言うとったらズブリといくで」

「ひいいい……」

黒田屋の隠居は震えながら胴巻きを出して、後棒に渡した。

「これでええ。――なかなかぎょうさん入っとるやないか。良太、もうかったで」

「おう、牛次郎」

隠居は、

「あのー……わしはどないしたら……」

「どこへなと好きなところに去《い》ね！」

黒田屋の隠居は命からがらその場を逃げ出し、近くの会所に飛び込んだ。たまたま西町奉行所の定町廻り同心成田左門《なりたさもん》が立ち寄っており、話を聞いてすぐに住友の浜に駆けつけた。一丁の駕籠が走っていたので呼び止め、駕籠かきに詰問《きつもん》したが、

「そんな客は乗せてまへんで」

すると、駕籠に乗っていた浪人らしき侍が垂れを上げ、

「わしは天王寺《てんのうじ》でこの駕籠に乗り、ここまでやってきたのだ。駕籠ちがいであろう。急いでおるのに迷惑千万だ！」

成田はすごすごと引き上げるしかなかった。

◇

「この大たわけめ！」

西町奉行所定町廻り与力河骨鷹之進《こうほねたかのしん》は、こめかみに青筋を立てて古畑良次郎を怒鳴りつけた。河骨は、古畑の上司に当たる。

「たった今、わしはお頭に呼び出されて、きついお叱りを受けた。おまえのせいだ！」

「私のせい、とはあまりのお言葉……」

「そうではないか。召し捕った科人《とがにん》に逃げられてしまったのはおまえが功を独り占めにしようとして勝手に責めを行ったからではないか。きちんとわしや目付に話を通し、吟味方与力立ち会いのもと、打ち役にやらせておけばこんなことにはならなかったのだ」

「それについてのお小言はもう何度もちょうだいして、耳にタコができております」

「わしはおまえに、逃げた牛次郎という男の居場所を探し出し、召し捕るようにと申しておいたはずだ。兄貴分の良太という相棒もな」

「わかっております。今、手下たちに探させており……」

「おまえがおのれの脚で探せ！　いつからそんなに偉くなったのだ」

「いや……その……大坂の町を隅から隅までしらみつぶしに探しましたが見当たらぬところをみると、すでによその土地に逃亡したかもしれず……」

「馬鹿ものーっ！」

河骨は雷を落とし、古畑は首をひょいとひっこめた。

「大坂にはおらぬ、だと……？　今日、黒田屋という薬種問屋の隠居が、住友の浜のあたりで、乗っていた駕籠の駕籠かきに脅《おど》されて大金を奪われたそうだ。しかも、先棒と後棒は、『良太』『牛次郎』と呼び合っていたらしい」

「げげっ……それでは……」

河骨はうなずき、

「スッポン駕籠屋の仕業に相違《そうい》あるまい。黒田屋は近くの会所で、居合わせたうちの同心成田左門に一部始終を話した。成田は住友の浜に駆けつけたが、一丁の駕籠は見つけたものの浪人体《てい》の侍が乗っていて、天王寺からずっと乗っていた、と証言したそうだ。大坂の町を隅から隅までしらみつぶしに探しただと？　スッポン駕籠屋は大坂におり、罪を重《かさ》ねておるではないか。それもこれも、おまえが牛次郎を取り逃がしたからだ！」

「まことに申し訳……」

「わしがお頭に叱られたわけがわかったであろう。部下のしくじりはおまえのしくじりだ、とさんざん油を搾《しぼ》られた。ただちに良太と牛次郎の居場所を探し出せ。うまく探し当てられぬときは、わしにも考えがあるぞ！」

「ひえっ」

古畑は与力部屋を転がり出た。そのとき、古畑は、幸助が天満の牢に来て、

「良太と牛次郎はスッポン屋の若旦那殺しの下手人ではない」

と言ったことを思い出した。

（もしかするとその浪人というのは……あいつめ！）

古畑は歯ぎしりした。

◇

事件はそれだけでは終わらなかった。その日の夜、赤松屋《あかまつや》という和糸問屋の主が、問屋仲間の寄り合いのあと曽根崎新地《そねざきしんち》でさんざん飲み食いしてから町駕籠を拾った。曽根崎から店に帰る途中、西横堀沿いのとある場所で、赤松屋の主は気分が悪くなってきた。飲みすぎたせいもあるのだが、駕籠屋の駕籠のかきようが悪く、上下にどったんばったんと揺れるからなのだ。

「か、駕籠屋さん、ちょっと止めてんか。なんや、気持ち悪うなってきた」

「さよか。しばらくお休みなさいませ」

身の刀身が月光を受けて輝いたのだ。


「そうさせてもらうわ」

そう言って駕籠から下りた途端《とたん》、きらり、としたものが赤松屋の目に入った。抜き身の刀身が月光を受けて輝いたのだ。

「な、なんや……！」

「金を出せ」

そう言ったのは浪人とおぼしき侍だった。

「切り取り強盗や。か、駕籠屋、助けてくれっ」

そう叫んだ赤松屋の身体が後ろから羽交《はが》い絞めにされた。先棒の男のしわざであった。

「駕籠屋もグルやったか……」

「わいらはスッポン駕籠屋や。知ってるやろ」

「し、知ってる……。乗った客が死んでた、ていう……」

浪人は刀を赤松屋の首筋に突き付けると、

「死にたくなかったら金を寄越せ」

「あかん。この金は、和糸問屋の株仲間の寄り合いで皆から預かったもんで、わしの金やないのや」

その言葉を聞いた浪人は、刀をぐい、と赤松屋の首に押し付けた。

「わ、わかった……言う通りにする……」

赤松屋はふところから財布を取り出すふりをして、先棒の男の腕を振りほどき、いきなり走り出した。

「馬鹿め！」

浪人の声とともに右腕に熱い感触があり、見ると血が噴き出している。自分の血に驚いた赤松屋はそのまま動けなくなってしまった。

「すんまへん……命ばかりはお助けを……」

財布を出すと、先棒の男がひったくり、

「端《はな》からそうしとったら斬られいですんだのや。——牛次郎、数えてみい」

「わかった、良太」

牛次郎と呼ばれた男は財布の紐《ひも》をくるくると解き、中身を検《あらた》めた。

「おお、なかなか大漁《たいりょう》や」

「そうか。ほな、あといっぺんぐらいでなんとかなるやろ」

そう言いながら、駕籠かきふたりと浪人は去っていった。

◇

「ご注進《ちゅうしん》、ご注進！」

深夜、子《ね》の刻《こく》を過ぎようかというころに飛び込んできた生五郎が、今日起きた一件の事件について幸助に報告した。

眠っていた幸助は目をこすりながら起き上がり、

「どういうことだ……。良太はこの長屋に匿われているし、牛次郎の行方《ゆくえ》はわからぬままだ。ふたりの仕業ではない。だれかが良太と牛次郎に罪を着せようとしているのだ」

「なんのために……？」

「わからんが、スッポン駕籠屋として評判になったから、似せるのはたやすかろう。牛次郎、良太……と呼び合えばよいのだからな。大坂に町駕籠はごまんといる。そのうちのだれかが、読売を読んで思いついたのだろう。牛次郎が牢破りをしたということも瓦版に載っていたそうだから、罪をなすりつけるにはもってこいだ」

「あの件はさすがにうちではよう書きまへんでした」

「で、なにか？　その二件について俺に絵を描け、というのか」

「ま、まさか……。わては、最初のスッポン駕籠の件を読売にしたことで、ふたりにはえらい迷惑かけてしもて悪かったと思とりますのや」

「そんな必要はない。知り合いのことだからといって皆に伝えるのを控える、というような瓦版は信用できぬ。面白く読んでもらうための多少の誇張《こちょう》はあれど、あったことをそのまま書けばよいのだ」

「そらそうだすけどな、わての読売のせいでただでさえ仕事がのうなってたところに、追い打ちかけるようにこの二件だすやろ……」

「うーむ……」

　幸助が腕組みをして唸ったとき、

「葛幸助はおるか」

　入ってきたのは今一番会いたくない男……古畑良次郎だった。後ろには白八もいる。

「こんな夜更けになにごとだ」

「駕籠かきの良太と牛次郎が来ていないかと思うてな」

　幸助はぎくりとしたが、

「ご覧のとおりだ。ここには俺と瓦版屋しかおらぬ。嘘だと思うたら家探《やさが》しでもなんでもしてみるがいい」

「おまえがこのまえ、スッポン屋の姜太郎を殺したのはあのふたりではない、とか申していたのを思い出してな。ところが今日、良太、牛次郎を名乗る駕籠かきによる金品強奪事件が二件起きた。やはり、姜太郎を殺したのもあのふたりだったのだ」

「それはおかしい。姜太郎の死体には財布が残っていた、と聞いた。くめへの手切金のつもりでかなりの大金を持っていたはずだ。良太たちが下手人ならば、なにゆえその金を盗《と》らなかった？」

「それは……財布を取ろうとしたときに、くめが現れたので断念したのだ」

「ということは、くめと専念寺で出会ったとき、駕籠のなかには姜太郎の死骸があった、というのだな。そして、くめと別れたあと、その死骸を川に捨てた、と……」

「そうだ」

「くめは、駕籠のなかにだれも乗っていなかった、と申しておるそうではないか。それに、くめと別れたあとなら、財布を取るに十分《じゅうぶん》なゆとりがあったはずだ」

「そんなことはどうでもよい。良太と牛次郎を召し捕って、責め立てれば白状するだろう」

「たしかな証拠もなしにひとを召し捕ったり拷問するようなことは許されぬ」

「ふふふ……そんなことを申していてよいのか？」

「なに？」

「今日の二件の事件には、いずれも浪人風の侍がからんでおる。私はそれがおまえではないか、とにらんでいるのだが……違うかな？」

「俺は今日、ここから一歩も出ておらぬ」

「証人はおるのか？」

「おるとしたら、こいつぐらいのものだ」

幸助は、古畑のすぐ近くにいたネズミのような小動物を指差《ゆびさ》した。古畑はぎょっとして、

「な、なんだ、こいつは……」

小動物はキチキチッと鳴いて古畑を威嚇した。幸助は、

「気を付けろ。噛まれたら身体中に毒が回って死ぬぞ」

「ひえっ」

古畑はトトトト……と五、六歩後ずさりすると、

「とにかく、良太と牛次郎が来たら町奉行所に知らせるのだ。よいな。下手に隠し立てなどするとためにならぬぞ」

そう言うと家を出ていった。白八はくすくす笑いながらあとに続いた。生五郎が、

「困りましたなあ。良太と牛次郎だけやのうて先生まで疑われてるとは……」

「あのふたりの無実を晴らすには、俺がなんとかせねば、と思うていたが、俺までも動けなくなった。さて……どうしたものか……」

幸助は生五郎に向き直り、

「悪いが、良太に古畑のことを知らせて、くれぐれも気を付けるように言うてきてくれぬか。けっして家から出るな、とな」

そのとき、だれかが幸助の家に入ってきた。幸助と生五郎は、今の話を聞かれたか、と身構えたが、それは良太だった。

「馬鹿め。家から出るな、と言うただろう。今も、古畑がおまえたちを探しにきていたのだぞ」

「存知とります。あいつが帰るのを見計ろうて来ましたのや。まだ、牛次郎は見つかってないみたいだすな。心配で心配で……」

「そうらしい。だが、昨日、スッポン駕籠屋を名乗るものたちによる切り取り強盗が二件も起きたのだ。やったやつに心当たりはないか？」

幸助が昨日の事件について説明すると、良太は蒼白になり、

「わかりまへん。そんなことがおましたんか。——先生、わいら、どないしたらよろしいのやろ」

「俺にもわからぬが、とにかくまことの下手人を探すのだ。それまではおまえたちはじっとして……」

　そこまで言ったとき、幸助は家の外に目をやり、

「だれだ！」

　なにものかが入り口のすぐ外に立っているのに気づいたのだ。古畑か白八だと思った幸助が立ち上がると、そのだれかはよろめきながらなかに入ってきた。

「牛！」

　良太が言った。それは牛次郎で、どさり、と土間に倒れ込んだ。

「どないしたのや、牛！」

　良太は牛次郎を抱きしめて涙を流し、

「兄貴か……」

「牛！　心配しとったのや。——無茶な牢問いで身体いわしたんか？」

「そやない……腹が……減って……動けんのや……」

　幸助は笑って、

「ならば、家主に頼んで雑炊でも差し入れてもらおう。おまえが牛次郎か。天満の牢から逃げ出したあと、今までどこにいたのだ？」

「へ……牢破りをしたあと、行くあてもないんで、昔みたいに寺や神社の縁の下で寝たりしてましたのやが、町奉行所の連中がうろうろしててどうにもならん。天満橋の橋の下におんぼろの船がもやってあったさかい、そこに入り込んで菰《こも》をかぶって寝てましたんや。船頭さんに見つかって、えらいどやされたけど、訳を言うたら同情してくれはってなあ、さっきまでそこに隠れてた」

しかし、心細さがどんどん募《つの》ってきて耐えがたくなり、駕籠常の店に戻ると。常彦があわてふためいて、

「アホ！　戻ってくるやつがあるか。うちにはお奉行所の目が光ってる。すぐに見つかってしまうぞ！」

「あのー、良太の兄貴は……？」

「福島羅漢前の日暮らし長屋ゆうところで、絵描きの先生の家に匿われとるから心配するな。おまえはどこかよそに隠れとけ」

常彦は牛次郎に、良太と牛次郎の偽者《にせもの》が現れて駕籠に乗った客から金を奪う事件が起きていることを教えた。

「うへえ、偽者が出てくるやなんて、わても有名になったもんや」

「気楽なこと言うてる場合やない。とにかくうちはあかん。早う出ていけ」

追い立てられて店を出たのだが、「どこかよそへ隠れとけ」と言われてもすぐにはどこも思いつかず、結局、ここに来てしまったのだという。

「たしかにこの長屋は見つかりやすい。だが、古畑も今夜はもう来るまい。明日の朝までにおまえたちの落ち着き先を考えよう。――ところで、牛次郎、俺は姜太郎が駕籠から消えたからくりを考えてみたのだが、あれはおまえの仕業だな」

「あはは……バレたか」

牛次郎は悪びれずに言った。

「わて、あいつの話聞いてたらムカついてきてな、スッポンが化けてるのやったら川に放り込んでもかまへんやろ、思て、酔っ払いが駕籠を止めてるあいだに大川に帰したったのや。兄貴に、あれは冗談《てんご》や、て聞いて、えらいことした、と思たけど、まさか殺されるとは思わんかった」

「俺はおまえではないと信じておるが、念のためにきいておく。おまえが殺ったのではあるまいな」

「アホなことを……わて、ひとを殺すやなんてそんな怖いことようせん」

牛次郎は大仰に右手を左右に振った。

「ならば、ほかに下手人がいることになるが、それが今度の二件の事件と関係があるのかないのか……」

生五郎が、

「今のところ動き回れるのはわてだけ、ということみたいだすな。なにをどうしたらええかお指図をお願いします」

「そうだな。まずは、あいつに声をかけねばならぬ。曽根崎新地に行ってもらえぬか」

「えっ？　新地に遊びにいってよろしいんか？」

「そうではない。俺の兄弟分のお福《ふく》旦那を……」

と言いかけたとき、

「ふっふっふっ……やはり雁首《がんくび》揃えておったな」

突然、古畑が十手をくるくる回しながら入ってきた。幸助が立ち上がり、

「帰ったのではなかったのか」

「そう見せかけて、ずっと見張っておったのよ。私ほどになると知恵のめぐりがおまえたちとはまるで違う。どうせおまえたちはこそこそ落ち合っているだろうとにらん

だ眼力《がんりき》はどうだ。釣りと同じで、一度に三匹釣り上げるほうが手間が省《はぶ》ける。ふふふ……これで河骨さまへの申し開きができるというものだ」

牛次郎が、

「こんなやつ、わてがぶっ飛ばすさかい、そのあいだに兄貴と先生は逃げとくなはれ！」

古畑の顔がややひきつったが、

「そうはいかぬぞ。この長屋のまわりは西町、東町の捕り方が十重《とえ》二十重《はたえ》に囲んでおる。逃げられぬものではない。観念いたせ！」

幸助が闇を透かすと、十重二十重というのは大げさにしても、たしかに御用提灯《ちょうちん》の光がちらほら見える。ここは長屋のどん詰まりである。逃げるのはむずかしい。幸助はため息をつき、

「暴れても詮《せん》ないようだ。まわりの住人にも迷惑がかかる。――しかたない、お縄をちょうだいするとしようか」

牛次郎が、

「ああ、わてが訪ねてきたさかいや。すんまへん……。とりあえず召し捕られるまえにこいつだけぼこぼこにしまひょか」

そう言って古畑を指差すと、古畑は血相を変えて外に逃げ出し、代わりに捕り方たちが雪崩《なだ》れ込んできた。幸助はキチボウシに、

「おまえのせいでうちに災難が降りかかるのはわかっていたが、まさか召し捕られることになろうとはな……」

そうささやいた。

◇

かくして幸助、良太、牛次郎の三人は天満の牢屋に入れられた。大牢屋ではなく、仮牢である。四、五人入ればいっぱいの狭い場所だ。本来は、会所の牢に一旦留置しておき、その間に入牢証文を作る。それを持参しないと天満の牢は囚人を受け入れない決まりであるが、会所の牢がたまたま満員で使えなかったのだ。古畑は意気揚々《いきようよう》と西町奉行所に戻り、泊番の手付同心に入牢証文を書かせた。朝になってから、仮牢から大牢屋に移すつもりなのだ。

「なんか嫌な雰囲気やなあ」

良太が言った。どんよりと空気が暗く、重たい。幸助が、

「ここは仮牢ゆえ、まだましだ。明日の朝には大牢屋に移されるだろうが、そこからが地獄だぞ。牛次郎はこのまえそれを味わったはずだ」

大牢屋は牢役人の目の届かぬ無法地帯である。牢名主がすべてを仕切っており、金を渡さないと飯も食わせてくれぬ。それゆえ入牢者はひそかに金を持ち込む。日が当たらず、じめじめとしていて、つねに不潔で、病人が出ても治療もろくにされず、吟味を受けるより先に病気で死ぬものも多かった。

「わては一日しかおらなんださかい、あんまり地獄とも思わんかったけどなあ。金持ってない、て言うたら三人ぐらい飛びかかってきたから、まとめて天井まで持ち上げたら、牢名主がびっくりして、おまえはもうええ、て言いよった」

「とにかく古畑以外のまともな与力、同心に我々が無実であることをわかってもらうしかない。吟味方にも話のわかるものがおるはずだ」

「そうだすやろか。わい、石抱かされたら、わいがやりました、て言うてしまうかもしれん……」

しょぼくれた声で良太が言うと牛次郎が、

「兄貴、あんな石、軽いもんやで。ぽいぽい、と放りなげられるわ」

「そんなんできるのはおまえだけや。とほほほ……」

三人は冷たい床に横になった。良太と牛次郎はすぐに寝息を立て始めたが、幸助は眠れなかった。明日、大牢屋に移され、吟味がはじまる、と思うと、呑気にはしておれぬ。といって、考えてどうにかできるわけではない。

（寝るしかないのか……）

幸助がそう思ったとき、どこからかカリカリ……カリカリ……という音が聞こえてきた。暗くてよくわからないが、なにかが牢の扉を引っ掻いているようだ。そして、キチキチッ……という声が聞こえた。

「おう、キチボウシ、来てくれたか」

大きなネズミのような小動物が口にくわえていたものを、ぷいっ、と仮牢のなかに投げ入れた。それは鍵だった。幸助はその鍵をつまみ上げると、錠《じょう》を開け、

「でかしたぞ、キチボウシ」

キチボウシは老人の姿になった。全身に汗をかいている。

「獣の姿で福島からここまで来るのは難儀《なんぎ》だったぞよ。あとで酒とスルメをたもれ」

「厄病神なら空中を飛んできたりできぬのか」

「我輩はおのしの家に『棲んで』おるゆえ、おのしに災難を振りかけることができるだけだ。そんな都合よくはいかぬ」

「神といっても不便なものだな。——おい、こやつらを起こすゆえ、獣の姿になれ」

キチボウシは、ポンッ！　とネズミに似た小動物になった。幸助はそれをふところに押し込むと、

「おい、起きろ」

小声で良太と牛次郎を起こした。

「なんだす？　もう朝かいな」

「出られるぞ。牛次郎を起こせ」

「えっ、ほんまだすか。——おい、牛！　牛！　起きい！」

牛次郎はねぼけて、良太に張り手を食らわせた。

「痛いっ！　このガキ、なにさらすのや。——牛！　牛！」

「なんや、兄貴かいな。今、ええ夢見てたところやのに……」

明日から牢問《ろうどい》がはじまるかもしれぬというのに呑気な話である。三人はそっと仮牢を抜け出し、玄関に向かった。寝ずの番がいるかと思ったが、そのようなものは見あたらなかった。三人は塀《へい》を乗り越えて外に出た。

「これからどないするつもりだす？」

良太が言った。

「そうだな……。早急にどこか身を隠すところを見つけねばならぬが……」

日暮らし長屋には戻れない。考えに考えたあげく、幸助はひとつの結論を出した。

◇

「というわけなのだ。われら三人、しばらく匿ってもらいたい」

そう言って幸助は、筆問屋「弘法堂」の森右衛門《もりえもん》に手を突いた。森右衛門は、

「さよか……。こんな夜中に来はったさかい、なにごとかと思いました。いやいや、先生、手ぇ上げとくなはれ。よう、このわしを頼ってくださった。経緯《いきさつ》もようわかりました。こちらの駕籠屋のおふたりのことも、先生が請け合うてくださるのやさかい信用いたします」

「成り行き次第では、店に迷惑がかかることになるやもしれぬが……」

「かましまへん。先生はうちの店の難儀を救うてくださった（第一巻第一話「貧乏神参上」参照）。あの恩に報《むく》いるにはこんなことでは足《た》りまへんがな。うちの三番蔵の二階に隠れとくなはれ。なにかと不自由やとは思いますが、辛抱しとくなはれや」

「ありがたい、恩に着る。われらが蔵にいることは、店のものにも内緒にしておいて

ほしい。だが、外とのつなぎをつけねば、俺たちの潔白が証明できぬ」

「よろしゅおます。だれか丁稚をひとり、あんさんがたに付けて、用足しは全部やらせます」

横で聞いていた番頭の伊平《いへい》が、

「亀吉がよろしいやろ。少々口は軽いけど、先生ともなじんどるさかい……」

「おまはんに任す。なにもかもええようにだんどりしとくれ」

こうして三人は弘法堂の蔵に隠れることになった。幸助は良太たちにわからぬようにキチボウシをふところから出して地面に置き、

「おまえは長屋に帰っておれ。ここにいては、弘法堂に災厄が降りかかることになる」

「また福島まで帰らねばならぬのか。酒とスルメはどうした」

「一件が解決したら存分《ぞんぶん》に飲み食いさせてやる」

「ふんっ……嘘ではあるまいな。我輩はわざわざ福島から天満までおのしを救うために……」

「わかったわかった。早う去《い》ね」

キチボウシはキチキチキチッ……と鳴くと、闇のなかに消えた。

◇

「うわあ……これが曽根崎の新地か。なかなか派手なところやなあ……」

朝一番で亀吉は曽根崎新地にやってきた。まだ、門は閉じていたが、朝帰りの客のためにくぐり戸を開けてある。そこから入れてもらったのだ。朝帰りの客がそろそろ起き出してくる時分だが、夜通しまだ騒いでいる座敷もあり、かすかに三味線の音や酔客《すいきゃく》の大声が聞こえてくる。亀吉がここに来た表向きの理由は、芸子や舞妓が化粧に使う化粧筆の置き屋への納品と注文取りだが、じつはもうひとつ目的があった。亀吉は紅筆や白粉《おしろい》用の刷毛などを置き屋の女将に手渡し、受け取りをもらったあと、

「女将さん、今日、福の神の旦さんはこのあたりに来てはりますか」

「あら、あんた、丁稚のくせにお福旦那を知ってるやなんて隅に置かれへんなあ。旦さんやったら三日前から『備前楼《びぜんろう》』に居続けしてはるわ。たぶん、まだいてはるやろ」

「そのお茶屋はどこにおます?」

女将から場所の説明を受けた亀吉は、備前楼に向かった。店のまえを若い衆が掃《は》き

掃除をしている。

「すんまへん、ちょっとものをおたずねします」

若い衆は手を止め、亀吉の風体をじろじろ見ると、

「見たところ、どこぞの丁稚みたいやけど、なんの用や。ここはこどもの来るところやないで」

「わかっとりま。こちらに福の神の旦さんが居続けしてはる、と聞いてきましたのやが、ちょっと取り次いでもらえまへんやろか」

「はあ？　アホなこと言うな。旦さん、まだお休みや。しょうもない用事でお起こししたらわしがしくじってしまう」

「しょうもない用事やおまへんねん。どえらい用事だす」

「どんな用事か言うてみい。わしがしょうもないかどえらいか判じたる。もし、ほんまにちゃんとした用件なら取り次いだるけど、そやなかったら旦さんお目覚めまで外で待っとけ」

「あのなあ、あんた……」

「あんたとはどや」

「わての用件がしょうもないかどうかは、あんたやのうて、お福の旦さんが決めるこ

とや。あんたが勝手に決めて、あとでどやされても知らんで。わての考えでは、旦さんはあんたが起こしても叱ったりせえへんと思う」

若い衆はぎくりとして、

「おまえ……なにか知ってるみたいやな」

「そや、わては『知ってる丁稚』や。お福の旦さんに、『弘法堂に貧乏神がいる』て伝えてんか」

「コウボウドウにビンボガミ……？　なんや、それ。なにかのまじないか？」

「ええから、そのまま言うたらええねん。早うして！」

「わ、わかった……」

若い衆は箒《ほうき》を壁に立てかけると、店のなかに入っていった。しばらくするとあわてて出てきて、

「おい、お福旦那、おそるおそる起こして、『コウボウドウにビンボガミ』て伝えたら、ガバッと起き上がりはって、身支度したらすぐに降りてくる、言うてはったわ。おまえの勝ちやな。おおきに。すぐに起こさんかったら旦さんしくじるとこやったわ」

「そやろ。丁稚の言うことは聞くもんやで。わかったな」

「えらそうに言うな」

　少しすると、小太りの若者が現れた。顔を歌舞伎役者の下塗りのように白粉で真っ白に塗っている。金のかかった身ごしらえで、着物から羽織、博多帯、足袋《たび》に至るまで上等のものばかりである。目は細く、耳たぶが長く垂れ、鼻の下に髭《ひげ》を生やし、「福の神」と呼ばれるにふさわしい福々しい面相《めんそう》だ。

　毎晩のように曽根崎新地で豪遊し、芸子や舞妓、幇間《たいこもち》らに小判を撒いたりして散財するので、かなり大きな商家のぼんぼんなのだろうが、本名を名乗らない隠れ遊びなので、どこのだれとはわからないのである。あのお大尽が店に来たら、「福が舞い込んだ」と茶屋は大喜びするので、いつのまにか「福の神の旦那さん」略して「お福旦那」が通り名になった。

　貧乏神の幸助が、なぜかこのお福旦那と馬が合い、肝胆相照《かんたんあいて》らす仲になったのである。

「おお、亀吉！　よう知らせてくれた！」

　お福旦那は亀吉に顔を近づけるとささやくように、

「ちょっと酒臭いけど辛抱してや。貧乏神は今、弘法堂におるのか」

「へえ……ここだけの話、駕籠屋さんもいてはります」

「わかった。すぐに行こ」

お福旦那は若い衆を振り返り、

「すまんけど、これで去《い》なしてもらうわ。楽しませてもろた。みんなに礼言うといてや。勘定《かんじょう》はつぎに来たときでええな」

「それはもう……」

お福旦那は財布から一分銀を取り出して若い衆の手に押し付け、

「これは起こしてくれたお礼や。――亀吉、行こか」

お福旦那は亀吉とともに早足で歩き出した。

◇

「おおおおっ、貧乏神！」

弘法堂の三番蔵の二階で幸助の顔を見た途端、お福は大声で叫ぶと、幸助に抱きついた。その目には涙があふれていた。

「おいおい、大げさだぞ」

「そんなことない。あんさんがスッポン駕籠の件で天満の牢に入れられた、と聞いたときには、もうあかん……と思た。あそこはどんなに頑強《がんきょう》なもんでも患《わずら》いつくような悲惨なところや。夏はうだるような暑さやし、冬は氷のうえに寝てるような寒さ……入れられたら、最初の冬で五人のうち四人は死んでしまう、ゆうぐらいやで。それに、牢問や拷問を受けたら、やってないことも『やった』て言うてしまう。そうなったら、良くて遠島《えんとう》、悪うて獄門や」

「おまえ、牢屋に入ったこともないのによく知っておるな」

「わたいはな……」

お福旦那はなにかを言おうとして、その言葉を飲み込んだようだった。しばらく黙っていたが、

「牢役人に金を摑《つか》ませてあんさんがたをこっそり解き放たせることも考えたけど、下手したらよけいに話がこじれてしまう。どないしたらええかを新地でどんちゃん騒ぎしながら考えてたところや」

「おまえはどんちゃん騒ぎしながら策《さく》を練《ね》るのか」

「わたいは芸者や舞妓をまえに金を湯水のように使てるときがいちばん頭が冴《さ》えるのや。——まあ、なににせよ、よかったよかった。それにしてもどないして牢から出られたのや」

「ネズミに助けられたのだ」

お福旦那は冗談だと思ったらしく、

「ははは……そら、ええわ。けど、当面はここでじっとしてなあかんなあ」

「だが、それでは俺たち三人はいつまでも牢抜けの大罪人、切り取り強盗、そしてこのふたりはスッポン屋の若旦那殺しのままだ。なんとかまことの犯人を見つけねば大手を振って大坂の町を歩けぬ。そこで、福に頼みたいことがあるのだ……」

そう言うと、幸助はお福を手招きして耳打ちした。

「なるほど、わかった。のほほほほ……わたいにぴったりの役どころやな」

「だろう?」

幸助はニヤリとして、

「一か八かの賭けだ。しくじると皆が獄門になる。この店のものも連座することになる。もちろんおまえもだ」

「そうならんようにがんばるわ。けど……わたいに皆の命がかかってると思うと……のほほほ……やる気出るなあ!」

かなり前向きの性格のようであった。

◇

「さあ、そろそろお開きにしよか」

お福旦那は仲居に言った。

「え？　お帰りだすか？　まだよろしいやおまへんか」

「今夜は用事があるのや。つぎはたっぷり、朝まで遊ばせてもらうわ。帳場に言うて勘定してもろてくれ」

しばらくすると女将が会計書きを持ってきた。

「おおきに、ほなこれで頼むわ。釣りはいらんで」

「まあ、こんなに……。いつもいつもありがとうございます。お駕籠、呼んでまいりますよってしばらくお待ちを」

「いやいや、今日は駕籠はいらん」

「歩いてお帰りだすか」

「今から行く場所は、ほん近いのや。ほな、また来るわ」

「そうだすか。お気をつけて」

女将に見送られて、お福旦那は曽根崎新地の茶屋を出た。曽根崎川の川沿いを東に向かって千鳥足で歩く。こんなことをもう三日も続けているのだ。

「ちゃんちゃらりんのちゃらんちゃちゃちゃん……ちゃんちゃらりんのちゃらんちゃちゃちゃん」

鼻歌を歌いながら、客待ちをしている町駕籠を見つけると寄っていく。駕籠かきが顔を輝かせ、

「旦那、助けると思て乗ったっとくなはれ。例のスッポン駕籠屋のせいで、だれも怖がって町駕籠に乗ろうとしまへんのや。安うしときまっせ。お近くでもまいりまっせ。肩揉みまひょか。おみ足さすりまひょか」

「ということは、おまはんらはスッポン駕籠ではないのやな」

「ちがいますがな！　せやから、安心してお乗りいただけます」

「それやったら、遠慮しとくわ。わたいはスッポン駕籠に乗りたいのや」

「あんた、変わってますなあ……」

「ほな、さいなら。ちゃんちゃらりんのちゃらんちゃちゃちゃん……」

しばらく行くと、また駕籠屋がいる。

「おーい、駕籠屋。おまえらスッポン駕籠屋か？」

「ちがうちがう」

「さいならー」

「変な客……」

　そんなことを繰り返しながら歩き続ける。機嫌よく酔っているふりをしているが、三日目なので、脚に身が入って痛い。本当は駕籠に乗りたいのだが、スッポン駕籠に乗らないと意味がないのである。

　難波橋を渡り、北浜から南へと向かう。その間もいくつか駕籠屋を見つけ、声をかけたがいずれも善良な町駕籠ばかりであった。

（ええ駕籠屋は今はお呼びやないのや。そろそろ脚が棒みたいになってきたがな。かなんなあ……）

　俗に「本町の曲がり」といって、西横堀が少し曲がっているあたりまでやってきた。本町橋と農人橋のあいだは「唐物町《からものまち》の浜」と呼ばれ、たいへん寂しい場所である。

（駕籠屋がおる。今度こそ決めたいもんや）

　路傍《ろぼう》の石に腰をかけ、煙草《たばこ》を吸っている駕籠屋に声をかけようとしたとき、

「おい、牛次郎。今日はあかんなあ。金持ってそうな客がまるで通らん。河岸《かし》変えよか」

「そやなあ、良太の兄貴」

お福旦那は、

(しめた……！)

とばかりに近寄って、

「すまんけど、天満の天神さんのあたりまで行ってもらえるかいな」

駕籠屋ふたりは目配せをしあい、軽くうなずくと、

「よろしゅおます。四百文やっとくなはるか」

「よっしゃ。向こうに着いたら十分《じゅうぶん》酒手はずむさかい、急いでや」

「わかっとります。脚に縒《よ》りかけて走りまっさ。このごろはスッポン駕籠の評判が立って、客がおりまへんさかいありがたいこっちゃ」

「というこっとはおまはんらはスッポン駕籠屋やないのやな」

「あたりまえですがな。ああいう悪い連中と一緒にされたらかなん。駕籠屋も雲助ばかりやおまへんのやで」

「そらすまなんだ。乗らせてもらうで」

お福旦那は駕籠に乗り込んだ。

「ほな、行きまっせ。はーい」

「ほえっ」

「はーい」

「ほえっ」

走り出した駕籠のなかでお福旦那は笑ってしまった。あまりに駕籠の担ぎようが下手なのだ。

（これでよう駕籠屋やっとるなあ。ゲロ吐きそうや……）

まるで地震に遭ったように身体ががっくんがっくんと上下左右に揺れる。

（こら、痩《や》せるかもしれんなあ……）

西町奉行所のまえを過ぎ、天神橋にさしかかったあたりで急に駕籠が止まった。

「駕籠屋さん、どないしたんや」

お福旦那が駕籠のなかから声をかけると、

「すんまへん、旦さん。駕籠から下りていただけますやろか」

「なんでや」

「へへへへ……わたいら、じつは旦さんがさっき言うたスッポン駕籠屋だすのや。さあ……ぐずぐずしてんとさっさと下りんかい！」

「ほほう……そやったんか。わたいもな、スッポン駕籠屋にいっぺんお目にかかりたい、と思とったところや」

　そう言いながらお福旦那が駕籠から出ると、そこには刀を抜いた浪人が立っていた。

浪人は白刃をお福に突き付けると、

「金を出せ」

「はいはい、出しまひょ」

　お福旦那はふところから財布を出した。浪人が左手を伸ばしてそれを奪おうとした
とき、お福は財布をひょいとひっこめた。浪人が思わずたたらを踏んだところを、お
福旦那は帯から扇を抜き、顔のまえにぴたりと構えた。浪人はせせら笑い、

「ふん……金持ちのぼんぼんが下手に抗《あらが》うと痛い目を見るぞ」

「ご心配いたみいります」

「死ねっ」

　浪人は真っ向から斬りかかってきた。お福はそれを扇で軽くかわした。お福旦那は、
揚心流小太刀《ようしんりゅうこだち》の達人なのである。

「くそっ……！」

　浪人はふたたび斬りつけたが、お福は左へ右へと受け流す。浪人が猛《たけ》れば猛るほど
お福旦那はにこにこ笑いながら踊るようにその切っ先をかわしてしまう。しまいには

「ちゃんちゃらりんのちゃらんちゃちゃん……」と鼻歌まで歌い出した。汗だくになった浪人が刀をおろし、荒い呼吸を整えようとしたとき、お福は駕籠かきに向かって、

「わたいは駕籠常の良太と牛次郎という六尺と会うたことあるのやが、おまはんらも良太と牛次郎か。良太と牛次郎は二組おるのか。不思議なもんやなあ」

「なんやと？　しもた……こいつはおとりや」

先棒の男が叫んだ。お福旦那が、

「良太！　牛次郎！　出といで！」

そう声をかけると、闇のなかから良太と牛次郎がぬうっと現れた。良太は、

「あー、しんどかった。大坂中引っ張り回されるかと思た」

ふたりとも三日間、お福旦那に影のようにくっついて、行動をともにしていたのだ。

駕籠かきたちは良太と牛次郎の顔を見ると、こそこそと浪人の後ろに隠れ、

「先生、こいつらばっさりやってしもとくなはれ」

「わかっておる。そこで見物しておれ」

浪人は刀を構え直し、つつ……と良太に迫《せま》った。一番与《くみ》しやすいと思ったのだろう。

「うひゃあ……！」

良太が悲鳴を上げて退《しりぞ》いたとき、彼をかばうようにしてまえに出たのは葛幸助だっ

た。刀は持っていない。奉書紙を丸めて筒のようにしたものを手にしている。

「はっはっはっ……紙でわしの刀を防ごうというのか。笑止《しょうし》。貧乏浪人は気の毒だ」

「お互いにな」

浪人は大きく股を広げ、小刻みに足を前後させていたが、ただの紙を持った幸助が
まるで豪剣を構えた剣客のように見えて、斬りかかれずにいた。しかし、

「先生、なにしてますのや！　こんな痩せ浪人一匹、とっとと片づけとくなはれ」

「わ、わかっておる」

偽の良太の声に焦《あせ》ったか、

「でやあっ！」

幸助に向かって斬りかかった。幸助は紙の筒を浪人の刀をからめるようにして手もとに引き込んだ。浪人が身体を屈《かが》めたところを、

「えいっ！」

気合いを込め、紙の筒の先端でそのこめかみを突いた。

「む……むむむ……」

浪人は頭に雷が落ちたように感じ、白目を剝《む》いてそのまま昏倒《こんとう》した。お福旦那が扇を開いて、

「お見事……！　それにしてもただの紙で突いただけやのに……腕やなあ」

幸助はにやりとして、

「紙というのは、丸めると案外固いものなのだ」

幸助、お福旦那、良太、牛次郎の四人はふたりの駕籠かきを取り囲んだ。良太が、

「お、おまえら、力丸と万次やないか！」

顔を隠していた力丸が、

「へっへっ、バレたらしゃあない。いかにもわてらや。どうやらまんまとハメられたようやな」

そう言うと、いきなり匕首を抜いて、良太に斬りかかった。匕首の刃は良太の右腕をかすめた。良太は必死で後ろに下がった。

「兄貴になにをする！」

牛次郎が力丸の帯に手をかけた。力丸は牛次郎を刺そうとしたが、牛次郎はまるで構わず力丸を頭上に高々と持ち上げ、そのまま西横堀に放り込んだ。力丸はもやってあった小舟のうえに落下したらしく、ガーン！　という固い音が聞こえてきた。幸助は提灯を持ち上げて、川面《かわも》を照らしながら、

「ははあ……なるほど……」

そうつぶやいた。力丸はカエルのように伸びていた。

「どえらい力やな……」

お福旦那が感心したように言った。残った万次に良太が言った。

「なんでこんな真似さらしたんや」

「博打が過ぎて借金がかさんで首が回らんようになってな、今月中に返さんと大川に浮かぶことになる、て賭場を仕切ってるヤクザの親方に言われて仕方なしにやったのや。大川に浮かぶことになる、て言われたときに、おまえらのスッポン駕籠の一件を思い出してな、良太と牛次郎のふりをしたらバレんやろ、と思たのや」

「この浪人は……?」

「賭場で知り合うた。このひとも借金があってな、話を持ちかけたらほいほい乗ってきた。けど、口ばっかりで弱い侍やったなあ」

幸助が進み出て、

「ひとつききたいことがある。最初のスッポン駕籠のときにスッポン屋の若旦那を殺したのもおまえたちの仕業か?」

「ちがうちがう。あの一件のことを聞いて今度の強盗を思いついたのや」

「それだけ聞けば、もうおまえに用はない」

「どうするつもりや」

「町奉行所に引き渡す。——さっきからそこに隠れている西町奉行所の古畑殿。もう出てきてもよさそうだぞ」

　川端に植わっていた柳の木の陰からのそのそと現れたのは古畑良次郎と手下の白八だった。古畑は十手を抜き、

「わ、わ、私は隠れていたのではない。一網打尽《いちもうだじん》にするために成り行きを見ていたのだ。闇雲にはじめから十手を振り回してもしかたがない。ここぞというときに出ていくのが捕りもののコツなのだ。こやつひとりになったゆえ、こうして現れた、というわけだ」

　白八が、

「そうだすか？　ずっと震えてはったみたいだすけど……」

「うるさいっ！」

　それを聞いた万次が、突然、匕首を抜いて、古畑に突進した。

「ひゃあっ……！」

　古畑は尻もちを突いた。幸助が飛び出して、万次の脛《すね》を蹴った。万次の身体が泳いだところを匕首を持った手首を摑んでまえへ引っ張り出し、脾腹《ひばら》に当て身をくれた。

万次は、

「ぎゅう……」

と呻《うめ》いてその場に倒れた。古畑は、

「白八！　主が倒れているのをなにゆえ起こさぬ！」

「倒れてはったんだすか。ああいう武芸の技があるのかと思とりました」

「そ、そういうことだ。おまえもなかなかわかっておるではないか」

　立ち上がった古畑に幸助が、

「見ての通り、スッポン駕籠の切り取り強盗事件はこいつら三人の仕業だった。良太と牛次郎の名を騙《かた》って、罪をなすりつけようとしていたのだ。引き渡すゆえ、手柄にするがいい」

「もちろんこやつら三人は召し捕らせてもらう。だが、おまえたちも召し捕らねばならぬ」

「なぜだ。俺たちがやったのではないことはわかったはずだ。俺たちは濡れ衣を着せられたのだ」

「それはそうかもしれぬが、おまえら三人は牢破りの大罪人であることを忘れるな。私は、都合六人を召し捕ることができるというわけだ。これは大手柄だな。うははは

「はは……」

「頭の悪い御仁《ごじん》だな。俺たちが牢破りをして、こいつらを罠にかけて捕まえなければ、あんたの手柄もなかったのだ。俺たちは、あんたの目星の付け間違いで牢に入れられた、いわば迷惑をこうむった側だ。町奉行所に、同心が誤って罪のないものたちを召し捕った、その不始末をどうしてくれる、と訴えたら、あんたは恥をかくだけではすまぬだろう」

「むむ……」

古畑の頭に「免職《めんしょく》」の二文字が浮かんだ。

「あんたにこいつらのことを知らせてやったのも俺たちだ。そのことを忘れるな」

幸助に指図を受けていた良太が、西町奉行所のまえを通るとき、門番に古畑宛ての文を託したのだ。幸助は、道に転がっている浪人と万次を見つめ、

「こいつらをあんたに引き渡してやるつもりだったが、蘇生《そせい》させて逃がしてやろうかな。そうしたとしても俺たちの腹は痛まぬ。そのうえで、真相を瓦版に書かせてもいいのだぞ。西町の某町方同心、罪なきものを召し捕り牢に入れる……とな」

白八が、

「旦那、どう考えてもこのおひとの言うてはるとおりにするほうが得とちがいますか。

三人召し捕れたら御《おん》の字やおまへんか。どえらい手柄になりますがな。二度も牢破りされた件も帳消しになりますやろ。欲をかいて、ここでゴネて、結局六人とも召し捕れんかったら、なにもかもパアだっせ」

「そ、それもそうだな」

古畑は白八に、

「舟に落ちたやつをひっくくってこい。そのあと、この浪人とこの駕籠かきに縄をかけろ」

「舟に落ちたやつはわてがくくりますさかい、そこのふたりは旦那が縄かけとくなはれ」

「馬鹿もの！　もし、目を覚ましたらどうする。危ないではないか」

白八はぶつぶつ言いながら川べりに下りていった。幸助は古畑に、

「では、俺たちはこれで行かせてもらうぞ。あとは好きなようにしろ」

古畑はまだ惜しそうな顔つきで、

「町奉行所の一員として、牢破りした大罪人を見逃すことは不本意ではあるが、やむをえぬ。知らなかったことにいたすゆえ、疾《と》く去れ」

「はいはい、わかったよ」

こうしてスッポン駕籠の怪談事件は幕を閉じた。しかし、肝心のことがまだ片付いていなかった。

◇

幸助たち四人は、それからまず弘法堂に向かい、もう逃げ隠れしなくてもよくなったことを番頭に伝えた。

「そらよろしゅおました。主を起こしてまいりますさかいお待ちを……」

「いや、寝ておられるところを起こすのは申し訳ない。くれぐれも俺たちが感謝していた、と伝えてくれ」

それから幸助とお福旦那は夜通しやっている煮売り屋で朝まで飲んだ。良太と牛次郎も誘ったのだが、自由の身になったことを一刻も早く常彦に知らせたい、と言うのでふたりだけのささやかな打ち上げになったのだ。

「あんさんが牢に放り込まれた、と聞いたときはえらいことになった、と思たけど、終わってみたら今度も面白かったなあ。また、誘てや」

「もちろんだ」

ふたりはぐいぐいと盃《さかずき》を干す。酔いが回った幸助は、

「ところで福、おまえの正体を当ててやろうか」

お福旦那はぎくりとした顔になり、

「あんさんの推量は、当たるさかい怖いのや。わたいがどこのだれかわかったか？」

「色里で毎晩湯水のごとく金を使うアホぼん……と見せかけて、それは世間の噂を集めるため。じつはこの世の裏側を知り尽くしている男……その正体は……」

「その正体は？」

幸助は、ふふふふ……と笑うと、

「わからぬ」

お福旦那、がくっと崩れた。

「だが、そんなことはどうでもよい。俺とおまえは兄弟分だ。ちがうか」

「そのとおり」

「それでよい。飲め。俺も飲む」

幸助は、お福旦那の正体を下手に詮索して、この良好な関係が崩れるのを恐れたのだ。

（こいつはほんとうにいいやつだ。それだけで十分《じゅうぶん》だ）

幸助はそう思っていた。

◇

早朝、べろべろに酔って長屋に帰ると、待ち構えていた生五郎に絵を描かされた。

「俺は酔っているし眠いのだ」

「わかっとります。けど、ここはどうしても先生の絵が欲しいところだすのや。いつもの調子でさらさらっと描いとくなはれ」

仕方なく幸助は筆を取った。

「おおきに、これでよろし」

生五郎は喜んで帰っていった。幸助は倒れるようにして寝た。

その日の瓦版はいずれも「西町奉行所同心の大手柄。スッポン駕籠を装った切り取り強盗三名を捕える」という快挙を報じていた。だが、生五郎が出した読売だけは、「ありゃまちがえた。強盗駕籠屋かと思うたにただの駕籠屋だったとは。すまぬすまぬ」という見出しで、縄で縛られた駕籠かきふたりと浪人のまえで、十手を持った侍が平謝りしている絵を載せていた。

昼まで寝ていた幸助が二日酔いで痛む頭を動かさぬようにしながら、生五郎が届けてくれたその読売を読んでいると、

「おい、約束の酒とスルメはどうした！　一件が解決したら存分に飲み食いさせてやると言うたのは嘘か！」

老人の姿になったキチボウシがあぐらをかき、幸助に不満をぶつけた。

「我輩の大活躍がなければ、おのしらはあのまま牢屋から出られず病《やまい》にかかるか責めで身体をいわすかして死んでおったかもしれんのだぞ。もっと我輩に感謝せよ」

「わかっておる。――だが、まだやり残したことがある。酒とスルメはそれまでお預けだ」

「なんじゃ、そのやり残したこととは……？」

「だれがスッポン屋の息子を殺したのかをつきとめねばならぬ」

「そんなことは町奉行所に任せておけ！　おのしは暇すぎるのじゃ」

「ははは……それは認めよう」

言いながら幸助は立ち上がり、

「ちょっと出かけてくる。俺の留守中は、あまり災難を呼び込まんようにな」

「知るものか！　災いは向こうから勝手に我輩のところに寄ってくるのじゃ」

　幸助は長屋を出た。向かったのは天満である。牛次郎がスッポン屋の姜太郎を大川に放り込んだところだ。姜太郎の死骸が見つかったのは難波橋だが、放り込んだのは天満橋のあたりのはずである。幸助は橋のうえから川を見下ろした。小舟が五、六艘《そう》、岸に引き上げられて乾かされているが、このあたりは夜に漁をするためか漁師の姿はない。幸助が土手へ降りていき、しばらく川沿いを歩いていると、ひとりの漁師がもやってある小舟をまえにして岸辺に座り、煙草を吸っているのが目に付いた。

「ちと、ものをたずねたい」

　漁師は顔を上げ、

「なんや」

　日焼けした、いかつい面構《つらがま》えの男である。

「先日の夜、難波橋にスッポン屋の跡取り息子姜太郎というものの骸《むくろ》が流れ着いたことを知っているか？」

　男は、一瞬、目を細め、にらむように幸助を見つめたが、しばらくして、ふーっと煙を口から吐き出し、

「知っとる」

　ぼそりとそう言った。

「おまえは、その晩、ここで漁をしていたのか？」

「そや。わしはだいたい毎晩、夜はウナギかハゼを捕っとる」

「そのとき、なにか見なかったか？」

漁師は煙管を船べりで叩き、火玉を川に落とした。じゅっ、という音が聞こえた。

「あんたは町奉行所のお役人か？」

「ちがう。そのとき姜太郎を乗せていた駕籠屋の知り合いのものだ。スッポン駕籠屋の一件に巻き込まれ、無実の罪を着せられて天満の牢に入れられた」

「…………」

「おまえがなにか知っているなら教えてもらいたい。けっして町奉行所に届けたりはせぬ。俺自身が納得したいだけなのだ」

「ご浪人さん……わかりました。わしは権蔵《ごんぞう》というもんだす。今日はたまたま、死んだ娘の一周忌だすのや。そんな日にあんたが訪ねてきたのもなにかの縁や。あのあと、姜太郎のガキがやらかしたことで駕籠屋がえらい迷惑しとる、という話も耳にしとりますさかい、なにもかも申し上げます」

そう前置きして権蔵は話し始めた。権蔵には目に入れても痛くないほどにかわいがっていた娘がいた。その娘が、ふとしたことでスッポン屋の姜太郎と知り合い、いい仲になった。姜太郎の評判を聞き知っていた権蔵は、やめたほうがいい、といさめたが、娘は聞かなかった。

「一緒になろう、て言うてくれはったのや」

そんなはずはない、と権蔵は思ったが、娘の笑顔をまえにして口には出せなかった。そして、案《あん》の定《じょう》、弄《もてあそ》ばれたあげく娘は手ひどく振られ、井戸に身を投げて死んだ。

「わしは悔《くや》しゅうてなあ……なんとかしてあいつをこらしめてやりたい、と思うてたところやった」

しかし、一介の漁師にはなにもできない。ただただ娘の菩提《ぼだい》を弔《とむら》う日々を送っていたが、先日の夜、ここで舟を出して漁をしていると、うえから人間が降ってきた、というのだ。

「ちょうどわしの舟のなかに落ちたもんで、えらい仰天した。身投げかなあ、と思うて顔を見たら、なんとスッポン屋の姜太郎やないか。わしは、これは娘の魂《たましい》がやったことや、と思た。気を失《うしの》うている姜太郎の喉に手をかけて……」

権蔵は鼻をすすりはじめた。

「気ぃついたら殺してしもとったのや。死骸は大川に流した。大事な大事なひとり娘の仇《かたき》を討ったのや。後悔はしてない。けど……そのせいで駕籠屋はんやあんたに迷惑をかけてしもた。駕籠屋はんが下手人やと思われて召し捕られた、というのもあとで聞いたけど、名乗り出ていく勇気がなかった。でも、今はちがう。あんたに言うてせいせいした。娘が後押ししてくれたような気がする。——今から会所に行ってくる」

　そう言って立ち上がろうとした権蔵の肩に幸助は手をかけて座らせると、

「言っただろう。俺は町奉行所に届けるつもりはないのだ。俺の見立てが正しいかどうか知りたかっただけだ。——じゃあ、俺は行くよ」

「えっ？　ほんまにわしを放免してくれるんか？」

「達者で暮らせよ」

　幸助は、おのれの推量が正しかったことに満足して、その場を離れた。二日酔いはいつのまにか吹き飛んでいた。

◇

　酒とスルメを買った幸助が家に戻ると、キチボウシが手を打って、

「ようやく買《こ》うてきたか。その心がけやよし。さっそくいただこう。——これは我輩のものじゃ。おのしには一滴たりともやらぬぞ」

「わかったわかった。ひとりで存分に飲め」

老人姿のキチボウシが舌なめずりをして酒を湯呑みに注《そそ》ごうとしたとき、

「先生、いてはりますか」

入ってきたのは瓦版屋の生五郎だった。キチボウシはあわてて絵のなかに飛び込んだ。

「今朝描いてもろた絵の画料だす。どうぞお納めを……。おかげでよう売れましたわ。これも先生のおかげだす。――おっ、ええとこに酒とスルメがおますがな。先生の疑いが晴れて、瓦版も売れて万々歳。祝杯といきまひょか」

そう言うと生五郎は勝手に酒を湯呑みに注いだ。そのとき、

「先生、いてはりまっか」

またしても来客である。今度は良太と牛次郎だ。

「おお、どうだった？」

良太が、

「店に帰ったら親方がえらい喜んでくれはりました。これで明日から大手を振って駕籠がかつげます。今日から、と思いましたのやが、親方が、先生にまずはお礼を言うてこい、と言われまして……あとで親方も来るそうだす」

「そうか、それはよかった」

生五郎が、

「今、先生と祝い酒飲んでたところや。おまえらも飲みや」

そう言ってふたりのまえにも湯呑みを出した。

「よろしいのか」

「いただきます!」

四人での酒盛りがはじまった。途中で幸助が掛け軸の絵をちら、と見ると、キチボウシがものすごい目つきでこちらをにらんでいる。

(なりゆきでこうなってしまったのだから仕方がない。——だが、なにかとんでもない災いが降ってきそうな気がするな……)

そんなことを思っていると良太が、

「今朝、店にくめという女子が訪ねてきよりました。わいらに礼を言いたい、ゆうて」

「ほう……」

「あのときはほんまに心中するつもりやったらしいけど、わいらがスッポンと間違えて川に投げ込んでくれたおかげで死なずにすんだ、今はすっかり目が覚めました、て言うとりました」

「そうか……」

権蔵という漁師の死んだ娘のことを思いながら、幸助ががぶりと酒を飲んだとき、なにか重いものを置いたようなどすんという音が表から聞こえた。幸助が出てみると、竹で編《あ》んだ大きな籠《かご》が置かれていて、男がひとり走り去っていく後ろ姿が見えた。幸助が籠をのぞきこむと、コイやフナ、太いウナギなどがいっぱい入っている。

（権蔵だな……）

幸助はそう思った。籠を家のなかに持ち込み、

「知り合いの漁師が届けてくれたようだ。家主のところにでも持ち込んで、料理してもらうとするか」

「おお、それは豪儀《ごうぎ》や」

一同は喜んだ。幸助は、土間に敷いたむしろのうえに、コイ、フナ、ウナギ、ドジョウ……などを籠からつかみだして並べていった。まだ、なにか入っているような気がして、手を突っ込み、籠の底を探っていると、いきなり激痛が指先に走った。腕を上げると、大きなスッポンが食いついているではないか。

「痛たたたた……！」

皆は腹を抱《かか》えて笑っている。

「笑っていないで、なんとかしてくれ！」

牛次郎が、

「わてが力任せに引っ張りまひょか」

「ダメだ。そんなことをしたら指がちぎれる！」

良太が、

「先生、スッポンは雷が鳴るまで離れんと言いまっせ。空《そら》加減はどうやろな。ああ、ええお天気や」

「呑気なことを言うな！」

そう叫びながら幸助が掛け軸を見ると、絵のなかのキチボウシがにやりと笑ったように見えた。

素丁稚捕物帳 二

千羽鶴の謎

「これ、亀吉《かめきち》！」

　番頭の伊平《いへい》が怒鳴《どな》った。

「いつまでお昼ご膳《ぜん》食べてるのや。とっとと食べてしもて、店に出なはれ。鶴吉《つるきち》も寅《とら》吉《きち》も梅吉《うめきち》もみんなとうに働いとるやないか」

　筆屋「弘法堂《こうぼうどう》」の丁稚《でっち》亀吉は茶碗から飯をがさがさと掻《か》き込みながら、

「そんなこと言うたかて、ご番頭《ばんと》さん、わて、今の今まで仕事してましたのや。大坂中走り回って、ようよう帰ってきたところだす。ご膳ぐらいゆっくり食べさせとくなはれ」

　そう言いながら亀吉は熱々のご飯を飲み込むようにして食べている。おかずはゴボウと大根の炊《た》き合わせ、あとは実のない味噌汁と漬け物だけだ。職人の多い江戸では朝に飯を炊くので、昼と晩は冷や飯だが、商人の多い上方では昼に飯を炊く。だから昼は熱々のご飯が食べられる。まともなおかずがつくのは昼時しかない。夜は冷や飯、朝はそのまた残りをお茶漬けか茶粥《ちゃがゆ》にして掻《か》き込む。おかずは汁と漬け物のみだ。丁稚だけがそんな粗食なのか、というとそうではなく。ほとんどの商家では主人一家をはじめ、番頭も手代も同じような献立《こんだて》を食している。

「わてもゆっくり食べさせてやりたいけどな……今日はあかんのや。早《はよ》う食べてしまわんと旦さんの雷が落ちるで」

亀吉は五杯目を食べながら、

「なんで今日はあきまへんのや」

「なんでもあかんのや。とにかく食べてしもて、そのへん片づけなはれ。旦さんが……」

と言いかけたとき、どすどすという足音がして、

「伊平！　伊平はおりますか！」

やってきたのは主《あるじ》の森右衛門《もりえもん》である。

「旦さんや。――はい、ここに……」

「今日のだんどり、もっぺん確かめたいさかい、奥に来とおくれ」

「へえ、かしこまりました。嬢《とう》やんの塩梅《あんばい》はどないだす」

「それがあんまりようないのや。まあ、それももっともやけどな……」

そのときはじめて亀吉に気づいた森右衛門は、

「亀吉！　なにをしとるのや。仕事に行きなはれ！」

「けど、わて、まだたったの五杯しか食べてぇしまへん……」

「もう切り上げなはれ。部屋の掃除ができんやないか」

「えーっ、そんな殺生《せっしょう》な。掃除やったら朝にしましたけど」

「今日は念入りに二度やりますのや。ぐずぐず言うてたらひゃひゃいだすで！」

仕方なく亀吉は箱膳を片付けはじめた。部屋を出ていった森右衛門のあとに続こうとした番頭の伊平に亀吉が、

「番頭はん、『ひゃひゃいだす』てなんのことだすか」

「わてにもわからんけど……旦さん、入れ歯の具合がようないらしいわ。早う外回りに行っといで」

「へーい」

昼飯をあきらめた亀吉が店に出ると、丁稚仲間の鶴吉、寅吉、梅吉、それに子守《こも》り奉公に来ているおやえが集まっていた。梅吉以外は皆、同い年である。

「ああ、亀吉っとん」

ひょろりと背が高い鶴吉が言った。

「旦さんに叱《しか》られたのやろ。ここまで声が聞こえてたわ」

「そやねん、ご膳食べてただけやのになあ……。旦さん、入れ歯の具合がようないさかい、機嫌が悪いらしいわ」

がっちりした体格の寅吉が、

「それで今日は朝からカリカリしてはるのやな。わても、井戸から汲《く》んだ手桶《ておけ》の水をちょっとこぼしただけでえらい怒鳴《どな》られたわ」

おやえが、

「わたいも、ぼんが泣きやまへんから二番蔵のまえであやしてたら、旦さんに『泣き声が母屋《おもや》にまで聞こえてうるさい。早う泣き止《や》ませなはれ！』ゆうて叱られた。日頃は優しいのに、なんで今日はあんな風に怒りはるのやろ、て思てたけど、入れ歯のせいやったんか」

鶴吉が、

「とにかく『触らぬ神に祟《たた》りなし』や。今日は旦さんに近寄らんほうが賢明《けんめい》やな」

鶴吉は学問好きでときどきむずかしい言葉を使う。亀吉が、

「サワラとカニに当たりなし？」

「ちがうちがう。触らぬ神に祟りなし、や」

「わけのわからんこと言うな」

「わけがわかってないのはおまえや」

　そのとき、主とのだんどり確認が終わったらしい伊平が店にやってきた。

「おまえら、集まって無駄口叩く暇《ひま》があるのやったら仕事しなはれ。寅吉と梅吉は一番蔵から明日使う竹を店に運んで分別しなはれ。鶴吉はわての帳合いの手伝いをしなはれ。亀吉は表の掃除や。おやえはぼんの守《も》りしなはれや」

「へーい」

　亀吉が伊平に、

「番頭さん、嬢《とう》やん、なんぞご病気だすか？」

「なんでそんなこと思うのや」

「さっき番頭さんが旦さんに、嬢やんの塩梅は、てきいたら、あんまりようない、て……」

「おまえはそんなこと気にせんでもええ」

　ぶすっとした顔で番頭は帳面をつけはじめた。

◇

「朝も表の掃《は》き掃除したのに、なんで昼もせなあかんのやろ。掃き掃除てなもんは一日にいっぺんやったらもうええと思うけどなあ……」

竹ぼうきで店のまえを掃きながら亀吉はぼやいていた。

「そもそも掃除なんか、三日に一度か四日に一度で十分《じゅうぶん》やろ。これまで毎日やってた掃除を四日に一度にしたら、一回半刻《はんとき》としても三日分で一刻半の時間が余る。それを箒を売ることに使うたほうが店のためになるはずや。ご番頭に教えたろ。いや、十日に一回にしたらもっと時間が浮くで。そや、いっそのこと一年に一回にしたら……」

そんなことを考えながら亀吉は掃除を続けた。ほうきの先が地面に触れていないことにも気づいていない。店のまえは掃き終えたので店の横手に回る。弘法堂の左右には日当たりの悪い路地があり、落ち葉などが溜《た》まりやすい。亀吉は、掃除をするよう言いつけられても表をざっと掃くだけで、いつも路地はほったらかしていた。

「ははは……やっぱりぎょうさん葉っぱが落ちてるなあ」

そう言いながらほうきを使おうとしたとき、店の横の塀をだれかがよじのぼろうとしていることに気づいた。頬かむりをしているが、若い男のようだ。亀吉は身体《からだ》が固まった。

（盗人《ぬすっと》や……！）

男は塀に両手でぶらさがり、身体をよじって脚を掛けようとしていた。何度も試《こころ》みたあげく、とうとう右脚の先がひっかかり、塀のうえになんとか身体を乗せることに成功した。亀吉は怖かったが必死に声を絞り出し、

「寅吉っとん！　梅吉っとん！　盗人や！」

そう叫んだ。男のいる場所は母屋からは遠いが、寅吉と梅吉がいる一番蔵のすぐ近くなのだ。亀吉の声に驚いたのか、男は塀の内側に落下した。どーん、という音が亀吉の立っている路地にまで聞こえてきた。

「あっ、こいつが盗人か。こいつめ！　こいつめ！」

寅吉の声が聞こえてきた。

「ちがうちがう、わては盗人やない！」

「嘘つけ！　盗人でないもんがなんで塀乗り越えて入ってくるのや！　梅吉、縄持ってこい。この野郎！　この野郎！」

「痛い痛い痛い……太い竹でどつくのは堪忍《かんにん》してくれ。落ちた拍子《ひょうし》に腰打って動けんのや。せやから、逃げも隠れもせん」

亀吉は大急ぎで裏手に回り、裏口からなかに入ると、一番蔵のまえに駆けつけた。寅吉が竹で若い男を叩きまくり、梅吉が荒縄で両手を後ろ手に縛りあげていた。寅吉は興奮した様子で亀吉に、

「ちょうど竹を抱《かか》えて蔵から外に出たときに、こいつが落ちてきたのや」

「うわあ……丁稚同心組の初手柄《はってがら》やなあ」

寅吉は男の頬かむりをはぎ取った。三人とも見覚えのない顔だったが、よく見ると上等そうな羽織《はおり》を着ており、どこかの店の若旦那のようでもあった。寅吉が、

「どないしよ。お奉行所に突き出そか」

男はいやいやをして、

「それだけは堪忍してくれ。わては盗人やないのや」

亀吉が、

「ほな、なんやねん」

「そ、それは……」

「ほれ、みい。答えられへんやないか。やっぱり盗人や」

「とにかくお奉行所に突き出すのだけはやめてくれ」

「ほな、旦さんに言おか」

「それもやめてくれ！」

「あのなあ、お奉行所に突き出すのだけはやめてくれ、て言うといて、旦さんに言うのもやめてくれ、やなんて虫が良すぎるで。弘法堂の丁稚同心組を知らんのか」

「知らん」

「もの知らずやなあ。わてら、普段はただの丁稚やけど、じつは大坂の平和を守る弘法堂の丁稚同心なんや」

「なんのことや」

「わからんかったらわからんでもええ。――ほな、お奉行さまと旦さんに比べたらかなり格落ちになるけど、とりあえず番頭さんに知らせよか。そのあとどうするかは番頭さんに決めてもらお」

「うわあ……それもやめてくれ！」

　男は手を縛られたまま逃げ出そうとしたが、

「痛たたたた……」

　腰を押さえてうずくまった。亀吉が、

「ほな、わて、ご番頭さんに知らせてくるさかい、寅吉っとんと梅吉っとんはこいつを蔵に放り込んで外から錠《じょう》おろしといてんか」

「わかった」

亀吉が母屋に入り、廊下を通って店に出ると、伊平は鶴吉とともに帳面付けをしていたが、なにやらそわそわと落ち着かぬ様子だった。そこへ奥からこれも落ち着かぬ様子の森右衛門がやってきて、

「どや？　まだお見えやないのか」

「へえ……」

「ほな帳合いの手ぇ止めて悪いけど、奥に来てくれるか」

「なんぞおましたんか」

「袖《そで》が嫌がっとるのや。わしや家内が言うても聞かんのや。おまえからも意見してひやってくれんか」

袖というのは、森右衛門の十六になる娘の名前である。

「へえ……そらまあ、せんこともおまへんけど、親旦さんやご寮《りょう》さんがおっしゃっても聞かんことを、番頭のわてが言うたかてお耳を貸しはらへんのとちがいますやろか」

「そうかもしれんが、親よりも他人であるあんたの言葉のほうが刺さることもあるやろ。それに、あいつは小さいときからあんたとは馬が合《お》うてたさかいな」

番頭は少し顔を曇《くも》らせて、

「そないおっしゃるのなら申し上げます。奉公人の分際でなにを、と言わはるかもしれまへんけど、今度のこと、わてはもともと気が進みまへんでしたのや。というのは……」

「いや、伊平。皆まで言わいでもええ。それはわしも同じじゃ。けど……こうなってしもたら今更《いまさら》どうにもならんがな」

そう言って森右衛門は大きなため息をついた。伊平は、

「わかりました。嬢やんとお話しさせていただきます」

「おお、ひゅまんな」

伊平は立ち上がり、亀吉がいることに気づくと、

「今、手代連中も二番番頭も留守にしとる。わてはしばらく旦さんと奥にいるさかい、だれか来たらおまえが応対してくれるか。あと、当分奥へ来たらあかんぞ。わかったな」

「へえ。あの、番頭はん、じつは盗人……」

亀吉の言葉を聞かずに番頭は奥へと向かった。

(どないなっとんねん、今日は……。やっぱり嬢やんになんぞあったのやな)

しばらくすると、

「ごめんなはれや」

そういう声がして、三人の男が店に入ってきた。いずれも亀吉の知らない人物であった。ひとりは五十がらみの商人風の男で、黒紋付に袴《はかま》を着て、右手に扇を持ち、左手には風呂敷を下げている。その後ろにいるのは坊主頭の中年と頭を総髪にした若者で、同じく紋付に袴姿である。商人らしき男が亀吉に、

「番頭さんはおられませんかいな」

「今ちょっと取り込みごとがおまして……」

「玉利屋《たまりや》の佐兵衛《さへえ》が来た、とちょっとお取り次ぎを願います」

亀吉は番頭に「当分奥へ来たらあかん」と釘《くぎ》を刺されていたのを思い出し、

「取り次ぎでけまへん。帰っとくなはれ」

玉利屋と名乗った男は憮然《ぶぜん》として、

「こども衆《し》さん、なにを言うとるのや。とっとと取り次ぎなはれ」

「でけんもんはでけんのや。今は、うちの嬢やんがえらいことになっとるさかい、だ

れも奥へは通れまへん」

「なにをわけのわからんことを言うてなはる。玉利屋佐兵衛と山崎家《やまさきけ》のものが来た、と言うてもろたらわかる。あんたはわての言うとおりにしたらええのや」

「今、番頭さんも手代もおりまへんのや。店を預かるこの丁稚の亀吉、どこのだれともわからぬおかたをめったなことでは通しまへんで」

「あんた、船場《せんば》で丁稚してて玉利屋を知らんのか」

「知らん」

「大坂一の両替屋や。それぐらい覚えとけ」

「知らんもんは知らん」

そう言うと坊主頭の男がいきなり、

「丁稚の分際で生意気な……！」

そう言うと、扇子《せんす》で亀吉の額《ひたい》をぴしゃりと叩いた。

「痛っ。なにさらすねん、こいつ！」

「こいつとはなんだ。わしをだれだと思うておる。素丁稚は引っ込んでおれ」

「うー、もう我慢ならん」

亀吉が若者に摑《つか》みかかろうとしたとき、

「あっ……！」

という声がして番頭の伊平が飛んできた。

「番頭さん、こいつらが無理矢理上がり込もうとして……」

亀吉が説明しようとすると、伊平はいきなり亀吉を突き飛ばして、

「なんぞこどもが粗相《そそう》いたしましたか」

玉利屋が、

「取り次いでくれ、というのを断ったさかい、ちょっと叱っておりましたのや。そんなことより旦さんは……？」

「奥でお待ちかねでおます。ささ、どうぞずっーとお通りを……」

「うむ」

そっくり返った三人の男は、廊下を奥へと歩いていった。伊平が亀吉に、

「客が来る、て言うてなかったな。すまんすまん」

「あの乱暴なおひと、どなただす？」

伊平は苦々《にがにが》し気《げ》な顔で、

「医者や」

そう言うと、ばたばたとふたりを追いかけていった。

亀吉は唾《つば》を指につけて、額の打たれた箇所に塗《ぬ》った。例の盗人のことも気になったが、店番をしなくてはならないので動けない。ひとりでやきもきしていると、寅吉、梅吉、鶴吉、おやえが集まってきた。寅吉が、

「だれか来たんか？」

「いかがわしい変な客が来たのや。身もとを問いただしたんやけど、まともに答えずに上がり込もうとしたから、待て、待たぬか、この亀吉をただの丁稚とあなどるな、たとえ身分は丁稚なれどもただいまは店を預かる身、すなわち関の番人も同然、不逞《ふてい》の輩《やから》はちっとももここは通さぬぞとこの亀吉両手を広げて立ちはだかり……」

「嘘をつけ。おでこ、扇子でどつかれたやろ」

「え？　見てたんか？」

「でこに扇子の型がついてるわ」

亀吉は額をもう一度指でこすった。

「そいつら、なにものや？」

「医者や、て言うとった」

「医者……？」

亀吉が一連の出来事について話すと鶴吉が、

「そう言えばここんとこ何日か、嬢やん見かけてないなあ。ご病気やったんか……」

亀吉が、

「とにかく塩梅が悪うて、嫌がってるらしい。ご番頭は今、意見しに行ってるそうや」

鶴吉が、

「身体の具合が悪いのに、医者に診《み》てもらうのを拒《こば》んではるのかもしれんな」

おやえが、

「心配やわあ。病気やったら早《はよ》う診てもろて、早う治したほうがええのに」

寅吉が、

「嬢やんもお年頃やさかい、お医者にかかったりしとうないのやろ」

丁稚たちがわいわい言っているとき、

「毎度ー、『うな高輪《たかなわ》』だす。ご注文のうな重、六つお届けに参りました！」

頭に鉢巻きを締めた男が威勢よく岡持ちを持って入ってきた。

「そこに置いといてんか」

亀吉が言うと、男は廊下の端に六つの重箱を置き、受け取りに判を押して帰っていった。

「なんやこれ……」

梅吉が言った。

「うな重ゆうて、温飯《ぬく》のうえに鰻《うなぎ》の蒲焼《かばや》きを載《の》せてあるのや……」

と鶴吉が言った。梅吉が、

「美味《うま》いんか？」

「美味い……と思う。食べたことないからなあ」

亀吉が、

「わてもはじめて見た。ええ匂いやなあ……」

おやえも、

「ほんまや。いっぺんでええから食べてみたいなあ」

それまで黙っていた寅吉が、

「わて、食うたことあるで」

鶴吉が、

「嘘つけ。丁稚がこんなもん食べられるかい。めちゃくちゃ高いねんぞ。――あ、わかった。藪入《やぶい》りのときに家で食べたんか？」

藪入りというのは奉公人が年に一度だけもらえる休日のことである。

「ちがう。ここの大旦那が生きてはった時分、わてが買いもののお供したら、その帰りに鰻屋へ寄りはったのや。ご自分は鰻の蒲焼きでお酒を飲んで、わてには素うどんをとってくれはったんやけど、わてがあんまり物欲しそうにしてたからやろか、『ほかの丁稚には内緒やで』言うて、箸《はし》でちぎってひとかけらだけくれたのや。食べてみたらこれがまあ美味いのなんの……頰《ほ》っぺたが落ちるかと思て、あわてて手で押さえたで」

亀吉が、

「えーっ、寅吉っとんだけずるい！　わても鰻食べたい！　よし、こうなったら小遣いを貯《た》めに貯めて……」

鶴吉が、

「無理や。たぶん二百文ぐらいするやろ」

「えーっ、そんなに高いんか」

丁稚には給金はない。三度の食事が食べられ、仕事が覚えられる、というのが報《ほう》酬《しゅう》なのである。盆と正月に多少の小遣いがもらえるが、そんなものは買い食いですぐに使ってしまう。立ち食いうどんが十六文なのに、二百文はとてもではないが払えない。しかし、亀吉はあきらめなかった。

「せめて蒲焼きゆうのがどんなもんかだけでも見てみたいなあ。このお重、開《あ》けたらあかんやろか」

鶴吉が、

「やめとけ。バレたら叱られるで」

「そっともとに戻しといたらわからんやろ」

そう言うと亀吉は重箱の包みを開きはじめた。ほかのものたちも止めようとせず、じっと亀吉の手もとを見つめている。やがて、甘くて香ばしい匂いが皆の鼻先に漂《ただよ》いはじめた。亀吉は重箱の蓋《ふた》を取った。飯のうえに並んでいるのは、焼き目がついていてたっぷりのタレがかけられ、ところどころに白い身がはじけている大きな蒲焼きがふた切れだった。

「うおうっ」

亀吉は思わず唸《うな》った。

「ええ匂いやなあ。匂いだけでご飯何杯でも食べられるわ」

そう言うと鶴吉も、

「ほんまやなあ。いつまでも匂い嗅《か》いでいたい」

おやえが、

「早《はよ》もとに戻したほうがええのとちがう？　番頭さん来たらたいへんやで」

　寅吉が蒲焼きのうえに顔を近づけ、思い切り鼻から息を吸った。

「わて、蒲焼きの匂い全部吸うたる！」

　亀吉が、

「ずるい！　もともとわてが重箱開けよ、て言うたんや」

　そう言うと重箱を持って立ち上がった。

「なにすんねん！」

「おまえらには吸わさん。わてのもんや」

「なんやと！」

　寅吉も立ち上がり、重箱をひったくろうとしたとき、亀吉の手が滑《すべ》った。重箱は廊下に落ち、飯と蒲焼きが散らばった。皆、呆然《ほうぜん》としてうな重の残骸を見つめた。鶴吉が、

「どどどないしよ……えらいことになったなあ」

　亀吉が、

「今日は念入りに掃除したから、廊下はきれいや。拾い集めて、もとに戻したらわか……るわなあ」

寅吉が、

「せやからわては『そんなことやめとけ』て言うたんや」

亀吉が、

「嘘つけ！　匂い独り占めにしてたやないか！」

おやえは泣き出した。

「わたいらどうなるの？　お店クビになるんとちがうやろか……」

しばらく考えていた亀吉が、

「よし、決めた。わてがやったんや。わてひとりがクビになったらええ。どうせクビになるのやったら、この鰻……」

寅吉が、

「どないするねん」

「食うてしもたる！」

亀吉はご飯と蒲焼きを手づかみで食べ始めた。

「美味い！　めちゃくちゃ美味い！　こんな美味いもん食うたことないっ。感激や！」

それを見ていた寅吉は唾を飲み込んでいたが、

「わてもクビでええわ。おい、半分寄越せ！」

そう言うと、争うようにして飯と鰻を食べだした。鶴吉も、

「丁稚同心組は一心同体。クビになるのも一緒や」

と言ってふたりに加わった。梅吉も、

「ずっこいわ。わても食べたい！」

鶴吉が、

「食べたらええやないか」

「そやな」

おやえは、どうするべきか迷っているようだった。それは廊下に落ちたものを手づかみで食べることに抵抗があるだけで、内心は食べたくて仕方ないのである。そのとき、だれかが奥から走ってくる足音がした。全員ぎょっとして立ちすくんだが、もう逃げられない。きっと番頭だろう、と皆がそちらを見ると、やってきたのはなんとこの店の娘、袖だった。しばらくぶりに見た袖の姿である。亀吉はご飯がくっついた手のひらをまえに突き出し、

「嬢やん……こ、これは違いまんねん。その、なんちゅうか、鰻が勝手にひっくり返ってそれを片付けてるところでおまして、盗み食いとかではなく……」

袖は置いてある残りの五つの重箱をちらと見て、

「鰻が来たのやな」

苦々し気に言うと、そのひとつを開けた。そして、ついていた割り箸を手にすると、廊下に座って猛然《もうぜん》と食べ始めた。

「あっ……食べた！」

亀吉が言うと、

「ええのや。もともとわたいの分やさかい。あんな連中に食わせとうないねん」

そして、あっという間に食べきってしまうと、

「ああ、美味《おい》しかった。――あんたら、こういうものは手づかみで食べんと、ちゃんと割りばしがついてるのやさかい、それを使いなはれ」

「え？　けど……」

「残りの四つ、あんたらで分けて食べなはれ」

「よ、よろしいんか！」

ついつい声が裏返る。

「かまへん。わたいがええ、と言うてるのや。遠慮しなさんな。熱いあいだに食べや」

全員の目の色が変わった。ぺこり、と袖に向かってお辞儀をすると、

「嬢やん、ごちそうになります！」

そして、ものすごい勢いでうな重を食べ始めた。おやえも丁稚たちに負けじとぱくぱく食べている。亀吉が、

「美味しいなあ。わてらこの世でいちばん贅沢《ぜいたく》な丁稚やないやろか」

なにしろ普段は漬けものと味噌汁、ときどき野菜の煮物……という献立しかない丁稚の食生活である。月に二回、焼き魚が供されるが、それも塩サバやイワシを焼いたもので、それから考えると鰻の蒲焼きなどありえない贅沢だ。寅吉も、

「どうやらクビにならんですみそうやな。嬢やんのお許しがあったら大丈夫や」

おやえが、

「ああ、美味しいっ！　ほんまに美味しいわ。蒲焼き最高や！」

五人の食べっぷりを笑いながら見ていた袖が、

「あのな、ええこと教えたるわ。お茶漬けにしても美味しいのやで」

そう言ったときには、すでにうな重は空《から》になっていた。亀吉が、

「えーっ、嬢やん、そういう大事なことはもっと早うに……」

「あと、片づけといてや。それはそうと、あんたら、若い男のひとがわたいを訪ねてこんかったか？」

亀吉が、

「わて、番頭さんから頼まれて店番してましたけど、だれも来まへんでしたで。来た、ゆうたら盗人ぐらいのもんや」

「盗人……？　どういうこと？」

「頬かむりした若い男が塀を乗り越えようとしてたんでわてらで捕まえて、竹でさんざんどついて、荒縄で縛って、今、一番蔵に放り込んで鍵かけとります。うな重のほうに気が行ってしもて、コロッと忘れてた」

「そ、そうか。あんたらも気ぃつけや」

袖は行ってしまった。

「美味しかったなあ」

鶴吉が言うとおやえが、

「けど、嬢やん……なんか変やったな。やっぱり病気なんやろか……」

寅吉が、

「病人があんな勢いでうな重食べるか？」

鶴吉が、

「鰻は精をつける、ていうから、滋養《じよう》をつけたかったのかも」

皆がうんうんとうなずいたとき、

「おまえらなんちゅうことをしてくれたんや!」

番頭の伊平の怒鳴り声が頭から降ってきた。

「こ、これは今からお客人にお出しする大事な昼食《ちゅうじき》や。どないしてくれるのや!」

一同は蒼白《そうはく》になった。亀吉が、

「いや、これは嬢やんが『あんたらで分けて食べなはれ』て言うてくれたさかい……」

「冗談《てんご》言いはったのや。丁稚がうな重なんぞ食うてええはずがないやろ!　考えたらわかるこっちゃ」

皆が半泣きになっているところへ、

「許せよ」

入ってきたのは西町《にしまち》奉行所定町廻《じょうまちまわ》り同心古畑良次郎《ふるはたりょうじろう》だ。その後ろには手下《てか》の白八《しろはち》も従っている。役人なので伊平もていねいに出迎える。

「へえ、なんぞおましたか」

「近頃、商家に忍び込み、金品を盗む盗賊が出没しておる。これが人相書きだ。帳場のなかに貼っておき、似たものが客で来たら町奉行所に知らせるのだ。よいな」

古畑は一枚の紙を伊平に手渡した。そこには凶悪な面構《つらがま》えの男の似顔絵が描かれていた。

「あっ……！」

亀吉はさっきの男のことを思い出した。

「番頭さん、わてらさっき、塀を乗り越えようとしてた盗人を捕まえましたのや！」

伊平が、

「嘘言うな！　そんなことでうな重を食うたのをうやむやにしようとしても、そうはいかんぞ」

寅吉も、

「嘘やおまへん。声掛けたら一番蔵のところに落ちよったさかい、わてら丁稚同心組が召し捕って、一番蔵に放り込んどります」

古畑が、

「丁稚同心……？　なんだ、それは。町奉行所と関りがあることか？」

番頭が取りなすように、

「なんでもおまへん。こどもの遊びだすわ」

「とにかくその一番蔵とやらに案内せい。もし、この人相書きの男なら私が召し捕ってつかわす」

「いや、それが……今ちょっと取り込みごとがおまして……」

「たわけ！　町奉行所の御用以上に大事なことがあるか！」

「ほな、こうしまひょ。亀吉と寅吉、こちらのお役人を一番蔵にご案内申せ。くれぐれも粗相のないようにな」

そう言ったあと、伊平は亀吉の耳に口をつけ、小声で、

「おまえ、ほんまに盗人捕まえたんやろな。嘘やったらえらいことになるで」

「嘘やおまへん。この目を見とくなはれ。これが嘘をついてるもんの目でやすか」

「うーん……嘘をついてそうな目に見えるけどなあ……。ま、ええわ。ほな、鶴吉、おまえが店番しといてくれ。わては奥へ入るさかい、頼むで」

亀吉と寅吉は古畑と白八を一番蔵のまえまで連れていった。古畑は白八に、

「おまえが捕えるのだぞ。逃がすなよ」

「え？　今、『私が召し捕ってつかわす』て偉そうに言うてまへんでしたか？」

「おまえは私の手下ゆえ、おまえが召し捕れば、私が召し捕ったことになるのだ」

「たまには自分でやってみなはれ」

「なんだと？」

「なんでもおまへん」

白八は十手《じって》を抜いた。古畑はその後ろにへっぴり腰で立つと、亀吉に、

「開けたら突然飛びかかってくるようなことはあるまいな」

「手を縛ってますさかい、そんなことはないと思いますけど……」

「脚は縛っておらぬのだろう？　ならば、走り出てくるかもしれぬではないか」

白八が亀吉を振り返り、

「うちの旦那になに言うたかてあかんで。ほんまの臆病《おくびょう》もんやさかい……」

「なにを申す。こどもが本気にするではないか」

「ほんまのことだすがな。――こども衆《し》さん、錠前開けてんか」

「へえ……」

亀吉が鍵を取り出し、錠に差そうとして、

「あれ？　鍵が開いてる！」

古畑はびくっとして、

「なんだと？」

亀吉は思い切って蔵の戸を開《ひら》いた。そこには大量の竹がしまわれていたが、あの男の姿はなかった。亀吉と寅吉、白八の三人は蔵に入り、あちこちを探したが、どこに

も見当たらない。寅吉が言うと、

「おかしいなあ……。たしかにここに放り込んだんやけど……」

古畑も十手を抜いて丁稚たちの後ろからのぞきこみ、

「どこかに隠れておるのではなかろうな……」

「見とくなはれ。隠れられるようなところはおまへんやろ。あいつ、案外腕のええ盗人で、鍵開けて出ていきよったんやなあ……」

「おまえたち、私をからかったのではなかろうな！　手を縛られて、錠のおりた蔵に閉じ込められたものがどうやって出ていくのだ。そもそもその男の顔は人相書きに似ておったのか」

「いえ、全然……」

「馬鹿者ーっ！　上《かみ》役人を愚弄《ぐろう》するとただでは済まぬぞ！」

「グロウてなんだす？」

「嘲弄《ちょうろう》のことだ」

「チョウロウとは？」

「もうよい！　白八、行くぞ！」

古畑は腹を立てて帰ってしまった。寅吉は亀吉に、

「あいつ、どこ行きよったんやろ」

「さあ……たぶん裏口から出ていったんとちがうか」

そんなことを言い合いながらふたりは店に戻った。店番をしていた鶴吉が、

「盗人、どうなったんや」

亀吉が、

「それが、おらんかったのや。たぶん逃げてしもたんやろ」

そのとき、主の森右衛門がやってきた。いつも穏やかな人物だが今日は足音も荒く、顔にも苛立《いらだ》った表情を浮かべている。

「お袖はどこや」

鶴吉が、

「嬢やんはさっきまでここにいてはりましたけど、うな重食べてどこかに行きはりました」

「うな重？」

森右衛門は廊下の隅《すみ》に積まれた六つの重箱に目をやり、

「袖がうな重を食べた、と言うんか。残りの五つも空《から》になっとるひゃないか」

やはり、森右衛門はしゃべりにくそうである。亀吉が、

「そ、それは、嬢やんが、あんたらも分けて食べなはれ、て言うてくれはったさかい……その……食べてしもたんだす。お客人に出すものやとは露《つゆ》知らず……すんまへん！」

森右衛門は一瞬怒鳴りかけたが、

「そうか……まあ、袖の気持ちもわかる。わしもええ加減腹立ってきたところやさかいな」

「けど、旦さん、鰻の蒲焼きて美味しいもんだすなあ。ご当家でも年に二、三回でえさかい、わてらにも出してもらえまへんやろか」

「そら美味かったやろ。これは『うな高輪』のうな重やからな」

「へえ、聞いて驚きました。二百文ぐらいするそうだすな」

「はははは……おまえらは知るまいが、『うな高輪』のうな重は二百文やそこらでは食えんぞ。ひとり前が二朱《にしゅ》はするのひゃ」

「えーっ！」

丁稚たちは皆大声を出した。亀吉が、

「そそそんな贅沢なもんやったんか。そうと知ってたらもっと味わって食べたらよかった……。けど、今日お越しのお医者さんはよほどえらいおかただすのやな」

「漢方医の山崎醍安《だいあん》というおかたや。名医かどうかは知らんけど、口だけは肥《こ》えとるようやな。昼食《ちゅうじき》はなにがええかたずねたら、わしは鰻が好物で、それも『うな高輪』の蒲焼きしか口にしまへんのや、と抜かしよった。うちみたいな商家は、どんな大店《おおだな》でも日頃始末に始末を重ねとる。おまえらこどもにも贅沢をさせんように気を使とるし、わしらもおまえらとおんなじ献立を取るようにしとる。床に落ちたご飯粒も、もったいない、と拾うて食べる。大坂で身代を守って金残す、とゆうのはそういうことなんやが……それがわからんのかいな……」

しばらく森右衛門は考えていたが、

「そや、ひとつ試《ため》してみたろ。亀吉、おまえ、千羽鶴作れるひゃろ」

「千羽鶴？　作れんことはおまへんけど……」

「ほな、こしらえて、奥の部屋に持っといで」

「わてひとりでだすか？」

「いや、皆で作ってもかまへん。今、おもよもおなべも女子衆連中、手が放せんのや。丁稚だけでやってくれ」

「いつまでに？」

「すぐや。半刻もあればでけるやろ。あと、お袖見かけたら奥へ来るように言うてくれ。頼むで」

そう言って森右衛門はふたたび奥に戻っていった。梅吉が、

「なんや今日はせわしないな。けど、千羽鶴なんかなににするのやろ」

亀吉が、

「わかった……。これはえらいことや」

寅吉が、

「なにがや」

「嬢やんの病《やまい》はよほど重いのや。せやから、旦さんは千羽鶴で嬢やんが早う治るように祈願するつもりなんや」

おやえが、

「そうかもわからんね。けど、たった半刻で千羽も折れるやろか」

鶴吉が、

「いや、千羽鶴の『千羽』ゆうのはぎょうさんていう意味やから、ほんまに千羽でのうてもええのや。できるだけ多く作って、できたところまで持っていったらええのとちがうか」

亀吉が、

「よし！　丁稚同心組、今から力を合わせて嬢やんのために千羽鶴を作ろうぞ！」

「おーっ！」

皆はそれから一心不乱に鶴を折り始めた。筆屋なので試し書きなどのために紙は大量にある。はじめのうちは遅かったが、慣れてくると一羽を折る時間もかなり短くなる。

「おい、おまえら、なにしとるのや」

伊平が焦《あせ》った顔つきでやってきた。亀吉が、

「見てわかりまへんか？　千羽鶴折ってますのや」

「忙しいときに遊んでる場合やないで。嬢やん、見んかったか？」

「さあ……」

「うーん、どこ行きはったのやろ。おまえら、総出で探しとくれ」

「あきまへん。わてら、旦さんに言われて鶴折ってまんねん。急がんと間に合いまへん」

「旦さんもなにを考えとるのや。もう、ええわ。わてがひとりで探す」

そう言うと伊平は行ってしまった。

そのあとも黙々と折り続けること半刻。ひとり五十羽ほど、五人で二百五十羽ほど

の鶴が完成した。針と糸でつなぎ合わせると、千羽とまではいかないが、立派な千羽鶴になった。

「やったーっ！　できたでーっ！」

皆は汗を拭《ぬぐ》った。亀吉が、

「ほな、わて、これを旦さんとこへ持っていくわ」

鶴吉が、

「待てや。わては鶴吉やさかい、わてが持っていったほうがええやろ」

「旦さんはわてに頼みはったのやで。わてが持っていくのが筋《すじ》や」

「鶴吉が千羽鶴持ってきた、ゆうほうが縁起がええやないか。嬢やんの病気もようなるわ」

千羽鶴を引っ張り合いしているふたりにおやえが、

「それやったら、鶴と亀が持っていったほうがもっと縁起がええと思う」

「なるほど、さすがおやえちゃん！」

亀吉はそう言うと、出来上がったばかりの千羽鶴を持って奥へと駆け出した。鶴吉も、

「ひとりで先行くな！」

そう言いながら追いかける。奥の客間のまえまで来た亀吉と鶴吉は、ぴたりと足を止め、なかから聞こえてきた声に耳を傾けた。

「お袖殿はどちらに行かれた。もう、長らく顔を見ておらぬが……。それと、ご膳はまだですかな。いくらなんでも出るのが遅すぎる。大事の客にひもじい思いをさせるとは、我々を馬鹿にしておいでか」

どうやらあの山崎醍安という医者の声らしい。続いて森右衛門の声で、

「今作らせておりますゆえ、もうしばらくお待ちくだされ」

「作らせている？　わしは『うな高輪』のうな重を取り寄せてくださるようお願いしたはずだが……」

「それは都合で今日は出せまへんのや。代わりに、あるものを作らせとりますゆえ、どうぞご賞味を……」

亀吉が、

「すんまへん。旦さん、できあがったので持って参じました」

「おお、亀か。待ってたのや。さあ、ひゃいっとくれ」

亀吉は襖《ふすま》を開け、鶴吉とふたりで千羽鶴を捧《ささ》げ持つと、しずしずとなかに入った。

主の森右衛門夫婦と向かい合って、玉利屋、山崎醍安、そして、総髪の若者が座って

いた。森右衛門は、

「さあ、これを召し上がっとくなはれ」

そう言いながら亀吉たちが持っているものをひょいと見て、

「なんじゃ、これは？」

「ご注文の千羽鶴、鶴と亀とがお持ちして、ますますもっておめでたい」

「なにを言うとるのや」

「旦さん、鶴を折れ、て言わはりましたがな」

山崎醍安が、

「たしかにめでたき席とは申せ、空腹時にかかるものを食せ、とは禅問答でもあるまい。冗談《てんご》にしても迷惑千万。捨ててしまうがよろしかろう」

亀吉は、必死で折った鶴を捨てろと言われてムカッとし、

「これはあんたのためやない、嬢やんの病気のためにみんなで折ったもんや！」

玉利屋が、

「こちらのお嬢さんが病気？　わてはそんなこと聞いてまへんで。どういうことだす、弘法堂さん」

森右衛門は、

「袖は病気やおまへん」

　亀吉が、

「え？　けど、このひと、お医者さんだすやろ？　まさか、ご病気なのは旦さんだすか？」

「もうおまえはわけのわからんこと言うな！　しゃべるな！　口をつぐめ！　わしが言うたのは産婆《さんば》や。産婆を持ってこい、と言うたのや」

　亀吉は卒倒しそうになり、

「えーっ！　嬢やん、おめでたいですの？　ややが生まれますの？　そうか、それで口が変わって、あんな勢いでうな重食べてはったんやな。やっと合点《がてん》がいきました。ほな、この亀吉、今から産婆さんを呼んでまいります！」

　走り出そうとした亀吉に、

「待て待て！　待てちゅうのに！　落ち着け！　産婆やない。サバや」

「サバ？」

「そうや。さっきは『船場汁』を作れ、て言うたのをおまえ、『千羽鶴』と聞き間違《まちご》うたのとちがうか？」

「あー……千羽鶴やのうて船場汁……」

船場汁というのは、サバのアラを使った船場の商家独特の食べものである。サバの身は塩焼きにして食べてしまう。残ったサバのアラ、つまり、サバの頭や骨などに口が曲がるほどきつく塩をして保存しておき、三日ほどに分けて汁ものにする。具は大根で、ネギを入れることもあり、最後に生姜《しょうが》の搾《しぼ》り汁を垂《た》らす。塩辛いサバなので味付けはいらない。

玉利屋が呆《あき》れたように、

「船場汁はわてでも知ってます。けど、うちではあんな貧乏たらしいもん、食べることはおまへんなあ。丁稚には食べさせとりますけど、わてらの口には合いまへん。ええもん食わんと商《あきな》いの切っ先が鈍《にぶ》ります」

「自分らだけ贅沢してたら、丁稚に示しがつかんやおまへんか」

「それは仕方がない。丁稚はただの奉公人だすさかい……」

森右衛門は山崎醍安に向かって、

「山崎先生はどない思わはります?」

「わしもそういう下衆《げす》い食べものは苦手でな、サバというものは鯛やヒラメに比べると生臭《なまぐそ》うていかん。しかも、そのアラとあっては、食べることはまずありませぬな。それに、いかに日頃始末倹約《けんやく》をしていたとしても、本日はめでたい『ハレ』の日。

『ケ』の日の料理はふさわしくないと思うが」

「さよか。けど、船場汁はこの船場ではなじみ深い食べもの。わてらの生きざまがこもっとります。お医者の先生にわかっていただこう、と今日はそれを食していただくつもりやったのやが、こどもが千羽鶴と間違うてしもたらしい。家内に作らせますわ。——おい、頼むわ」

森右衛門が隣に座っていた内儀に声をかけたとき、

「船場汁やったら、わたいがお作りします」

そう言って入ってきたのは袖だった。森右衛門が、

「お袖、おまえ、どこにおったのや」

袖はそれには答えず、

「ほな、ちゃっちゃっと作ってきます」

「おまえ、そんなもん作れるのか」

「お母ちゃんに習いましたよって……」

そう言うと袖は一礼して部屋を出ていった。亀吉と鶴吉もそれに続いた。袖は台所に入ると、たすき掛けをした。亀吉が、

「嬢やん、わてらもお手伝いしまひょか」

「大丈夫。そこで見てて。こんなもん簡単や」

袖はカンテキに火を熾《おこ》すと、鍋に湯を沸《わ》かした。そして、塩サバのアラを放り込み、さっとゆでこぼすとその湯は捨ててしまった。

「あっ、捨てたらあきまへんがな」

鶴吉が言うと、

「かまへんのや。こうせんと汁が濁《にご》って、美味しい船場汁にならんのやで」

もう一度湯を沸かしながら、アラについた血合いやぬめりを手でこそぎ取ったあと、大根を手際よく千六本に切る。アラと大根を鍋に入れて煮立たせ、アクをていねいに取る。大根が軟らかくなったら鍋を火からおろし、生姜の搾り汁をかけ回す。

「嬢やん、上手やなあ。あっという間やがな」

鶴吉が言うと、亀吉も、

「鰻も美味かったけど、これはこれで食べ慣れてるさかい美味そうやな」

「ふふふ……そうやろ。わたいもうちのこの船場汁の味が大好き。ほな、お椀によそうさかい、持っていってくれる？」

亀吉と鶴吉は五人まえの船場汁を客間に運んだ。森右衛門は、

「おお、でけたか。さあ、熱々のうちに食べとくなはれ」

山崎醍安は顔をしかめ、ひと口啜《すす》っただけで椀を膳に戻すと、

「せっかくお袖殿に作っていただいたが、我々の舌には合わぬようです。うちに嫁に来られたら、このような料理ではなく、大坂城の御用医者を務める山崎家の嫁としてふさわしい献立を作ってもらうことになる」

そのとき、袖が森右衛門のまえに両手を突いて、

「そのことやけど、お父ちゃん……わたい、やっぱりこちらさんへは参れまへん。この結婚話、お断りしとくなはれ」

玉利屋があわてて、

「結納《ゆいのう》の席で今更、なにを言うてはるのや。そんなこと許されるはずがない」

亀吉と鶴吉は、

「嬢やんが……結婚……？」

そう言って顔を見合わせた。森右衛門は、

「わしもそう思うとりました、今の今までは……」

そして、娘が作った船場汁を手にして啜り、

「これや。この船場の商家で代々食べられてる味、店を長く続けるための始末の味だす」

玉利屋が苦い顔で、

「ただのサバのアラ汁やおまへんか。そないにたいそうな……」

「わからんかたにはわからんかもしれんが、うちの船場汁は、サバのアラをゆでこぼしたうえ、臭み取りに生姜の搾り汁を入れて、上品な味にしとります。家内がちゃんと娘に伝えていたようだすな。そういうひと手間をかけて、きちんとした作り方をすれば、アラ汁も美味しくなりますのや。食道楽なおかたならわかっていただけると思いましたのやが……」

「…………」

「わしらは出汁《だし》取ったあとの昆布や鰹節《かつおぶし》、いりこなんぞも無駄にせんようにおかずにします。サバやシャケのアラもこうして汁ものにします。そうやって暖簾《のれん》を守ってきましたのや。この汁をお出ししたのは、たとえ医者の家に嫁《とつ》がせたとしても、食べものを無駄にしたらあかん、贅沢したらあかん、汲《く》んだ水も桶に残ったら植木にかけたり打ち水にする……そういう気持ちを持つ商人の娘やということをわかってほしかったんだす。けど、おたくで暮らしたら、たぶんこの子は変わってしまうやろ、と思う。申し訳ないが、この話は変改《へんがい》にさせてもらいます」

玉利屋が、

「そんなアホな！　こんなええ話はおまへんのやで。玉の輿《こし》だっせ。それに、お城で使う筆と紙をこちらさんで一手に引き受けられるかもしらんのや。それをみすみす……アホや！」

「玉利屋さんも仲人《なこうど》として骨折ってくださったけど、娘の気持ちがいちばん大事だす。すんまへん」

「ううう……わての顔潰すやなんて、どうなるかわかってますやろな。この船場で商いできんようになりまっせ」

「この結婚話はもともと玉利屋さんが持ってきはったもんや。玉利屋さんといえば大坂で一番大きい両替屋さん。うちも商いの元手を融通《ゆうずう》してもろとりますさかい、よう断れんかった。もちろん先方は裕福なお医者さんやし、ええ話やと思うたせいもあるけど、嫌がる袖を説《と》き伏《ふ》せて、ようよう今日の結納にこぎつけましたのやが、今から思たら、もっと先さまのことをよう調べるべきでおました。結納の日の昼食に『うな高輪』のうな重を指定してくるような家に娘は嫁がせられん」

　山崎醍安は立ち上がると、

「わしも、結納の席にサバのアラ汁を出すような家から嫁はもらわぬ。毎日、アラばかり食べさせられたら病気になってしまうわい」

「それが、うちは家内中、丁稚、子守りにいたるまでいたって健康でおまして……」

「うるさい！　せがれ、帰るぞ」

山崎は総髪の若者にそう言うと、先に立って部屋を出ていった。総髪の若者と玉利屋もあとに続いた。亀吉が、

「あの若いひと……結局ひとこともしゃべらんかったなあ……」

そうつぶやいた。

袖は森右衛門に、

「お父ちゃん……ありがとう！　けど……ええの？　玉利屋さん、この船場で商いできんようになる、て言うてはったけど……」

「心配いらん。なんぼ玉利屋さんでもそこまでの力はない。いくらか得意先は減るかもしらんけど、嫁ぎ先でおまえが泣いてるのを毎日思い浮かべるよりはずっとましや。けど、いつもはおとなしいおまえが、よう今日はおのれの気持ちを言えたもんやな。感心感心」

袖は下を向いてじっとしている。そのとき、

「旦さん、わてはその理由《わけ》を知っとります」

廊下から声をかけたのは番頭の伊平だった。袖は後ろを向いて、

「伊平、なんであんたがそれを……！」

「嬢やん、ええ機会だすやないか。言うてしまいまひょ」

森右衛門が、

「どういうことや、伊平」

「嬢やんには想い人がいてますのや」

一同はひっくり返った。

「なんやと？　まさか、伊平、おまえやなかろうな！」

「アホなことを……。住吉《すみよし》の仏具屋で『高松屋《たかまつや》』さん、ご存じだすやろ」

「ああ、昔、この町内に店構えてはったけど、五年ばかりまえに住吉に移りはった……」

「あそこの若旦那の太一郎《たいちろう》さんと嬢やんが想い想われる仲だすのや」

袖は首筋まで真っ赤になった。森右衛門は、

「そう言うたら、小さい時分はよう一緒に遊んでたなあ」

伊平は、

「それがちょっとまえに嬢やんのお稽古帰り、久しぶりにばったり会《お》うて、積もる話をしてるうちに次第次第に……」

紬は、

「なんであんたがそのことを知ってるのや」

伊平は笑って答えない。森右衛門は、

「そやったか。それやったらもっと早う言うてくれたらこんなことにならなんだのに……」

紬が、

「けど、お父ちゃん、まえから、紬の結婚相手はひと任せにはせん、わしが決める、ゆうてたさかい、叱られると思て……」

「叱るかいな。いっぺん会いたいもんやな。今度連れといで」

伊平が、

「もう来てはりまっせ」

そう言って手招きした。入ってきた若者を見て亀吉と鶴吉は、

「あっ！　盗人！」

紬が、

「わたいの結納が今日やと聞いて、心配して来てくれたのや」

太一郎は頭を掻いて、

「やきもきして、気がついたらご当家のまえまで来ておりました。まさか表からは入れんさかい、塀を越えて入ろうとしたのをこちらのこども衆さんに見つかって……」

森右衛門は亀吉たちに、

「おまえら、失礼なことせんかったやろな」

亀吉は、

「へえ……ちょっと竹でどついて、縄で縛って、一番蔵へ放り込んだだけだす。けど……なんで鍵開けられたんやろ」

袖が、

「わたいがやったのや。あんたらの話を聞いて、きっと太一郎さんが来てくれてる、と思たさかい、行ってみたら案《あん》の定《じょう》やった。そのままでは見つかる、と思たから、こっそり三番蔵へ移ってもろたのや」

伊平が、

「嬢やんの機転がなかったら、このかた、町方同心に捕まっとるところだすわ。わてが、嬢やんのお戻りが遅いさかい、蔵のほうを探してたら、このおかたが三番蔵の二階に縮こまっとりました。そこでいろいろと話を聞きまして、やっと腑《ふ》に落ちたさかい、差し出がましいとは思いましたが、こちらへ連れてきたんだす」

森右衛門はうなずくと、

「袖、船場汁を一杯、熱うして持ってきとくれ」

「はい」

しばらくして袖は椀を運んできた。

「太一郎さん、これ、なんや知ってるな」

「へえ、船場汁だすな」

「袖の手料理、食べてみてくれるか」

「おおきに。ちょうだいします」

太一郎はひと口啜って、

「美味い！」

森右衛門が、

「生臭いことないか？」

「とんでもない。よう澄んだすまし汁で、けっこうなお味だす。きっとていねいにアクをすくうたのやと思います。生姜汁を入れたうえ、仕上げに胡椒《こしょう》を振ってある。生臭いどころか、ええ香りがすーっと鼻に来ます」

「そこまで言うてもろたら、サバのアラも本望やろ」

「わてはこの町内で育ちましたさかい、船場汁も食べ慣れとります。今でも月に何度かはいただきます」

太一郎はひと椀の船場汁を食べ終わると、

「ごちそうさまでした。――今日はいろいろご迷惑をおかけしてすんまへんでした」

森右衛門と内儀に頭を下げ、

「番頭さん、丁稚さんたちも……どうもお騒がせしました。ほな、わてはこれで……」

森右衛門が、

「また、来ておくれ」

「はい……」

そう言うと、店を出ていった。

「わたい、そこまで送ってきますっ」

袖があとを追いかけた。残った森右衛門は、

「あの男、なかなかやな」

亀吉が、

「え？　あのひょろっとした若旦那が、だすか？」

森右衛門はにやりと笑い、

「また来てもええか、とか、袖を嫁にくれ、とか一切言わんかったやないか」

内儀も、

「そうだしたなあ……」

と微笑《ほほえ》んだ。

◇

「ということがおましたのや。丁稚同心組大活躍の巻だっせ」

できあがった筆を受け取りにきた亀吉が口から唾を飛ばしながら言うと、幸助《こうすけ》は笑って、

「おまえたちがうな重を食べて、娘御の想い人を竹で殴り、主の言うたことを聞き間違うて千羽鶴をこしらえた、というだけではないのか」

「まあ、言うてしまえばそうだすけどな……。旦さんもそのあと入れ歯を修理して、今はちゃんとしゃべってはります」

「盗人はどうなったのだ」

「そうそう、何日かしてからうちの旦那が玉利屋さんに直《じか》に謝《あやま》りに行きましたのや。そのとき、店のなかを窺《うこご》うてる妙な男を見かけて、たまたま通りがかった東町のお役人に知らせたら、なんと……そいつがあの人相書きの盗人でおました」

「主のほうが丁稚同心組よりも大手柄を立てておるではないか」

「玉利屋さんに忍び込むつもりで下見をしてたらしい。あとで玉利屋さん、うちの旦さんにえらいお礼言うたそうでおます」

「それはよかったな」

「あー、それにしても鰻の蒲焼き、美味しかったなあ。もっぺん食べたいなあ」

「おまえは『うな高輪』のうな重と、主の娘手作りの船場汁、どちらが好きだ」

「そやなあ……むずかしいなあ……」

亀吉はしばらく考えていたが、

「わてがほんまに好きなのは……焼き芋だす」

幸助はずっこけそうになりながら、自分が鰻の蒲焼きを最後に食べたのはいつだったのか、すでに思い出せなくなっていることに気づいた。

第四話

怖い絵

夜の子《ね》の刻《こく》を少しまわったころあいである。お福《ふく》旦那は駕籠《かご》に乗り、曽根崎新地《そねざきしんち》からの帰途《きと》についていた。駕籠を担《かつ》いでいるのは良太《りょうた》と牛次郎《うしじろう》だ。ふたりの走りっぷりが気に入ったお福は、近頃、彼らの身体《からだ》が空《あ》いているときは駕籠常《つね》に指名を入れて、茶屋まで迎えにきてもらうことにしていた。どこのだれと名乗らぬ隠れ遊びなので、自分の家の近くで下ろしてもらい、そこから歩いて帰るのだが、彼らならばあとをつけられて店の場所がバレる心配がなく、気が楽だった。

お福旦那が家から近い難波《なんば》新地や新町であまり遊ばず、もっぱら曽根崎まではるばる足を運ぶのは、商売上の知り合いに出会うのを避けたいからだ。顔を白く塗《ぬ》っているのも、人相をわかりにくくするためである。歌舞伎役者が顔を白く塗るのは、一旦自分の顔を消してから、そのうえに役の顔を一から作っていくためで、描《えが》きようによって善玉にも悪玉にも女性にもなれる。顔全体を白く塗ると、お福をよく見知っている相手にも気づかれないことがある。

お福がおのれの正体を、親友の絵師葛幸助《かっこうすけ》にまで内緒にしているのには理由がある。

(貧乏神にだけはそろそろ打ち明けてもええかもしれんなあ。いつまでも「福の神」ではつきあいにくい。あいつは、わたいの素性《すじょう》を言うたかて、気にはせんとは思うけど……)

下手《へた》に告白して、今の良好な関係を壊したくない……そんなことを考えながらお福は駕籠に揺られていた。

今夜は茶屋で遊んでいたのではなかった。曽根崎川を隔《へだ》てて南側にある弥左衛門町《やざえもんまち》の米問屋「佐世保屋《させほや》」で、主《あるじ》の兼兵衛《けんべえ》に絵を見せられていたのだ。佐世保屋の主とは新地で知り合い、一座をしたことがある。書画骨董の類《たぐい》を集めるのが好きで、

「今日はあんたにどうしても見てほしいものがある」

と言われて断り切れなかったのだ。同席者がひとりあって、それは森田屋茂作《もりたやもさく》というまだ若い男だった。小さな数珠《じゅず》屋を営んでいるらしいが、兼兵衛同様、書画骨董に目がない、いわゆる「数奇者《すきもの》」という人物のようだった。

佐世保屋の座敷で酒肴《しゅこう》をふるまわれたのち、主みずから一幅の掛け軸を桐の箱から出して床の間に掛けた。

「なんだすかいな」

それは、都の花盛りを描《えが》いたもので、絵のことはよくわからないお福の目にもすばらしく感じられた。東山《ひがしやま》を含んだ京の町全体が桜と一体になって浮かび上がり、静《せい》寂《じゃく》のなかにも胸に迫《せま》ってくるような迫力がある。

「これは……田河酔岸《たがわすいがん》やおまへんか」

茂作が言った。

「さすが、森田屋さん、お目が高い。田河酔岸の描いた『古都桜花図』だす。もとは屏風絵《びょうぶえ》やったらしいけど、まえの持ち主がそれを掛け軸に仕立て直したと聞いとります」

お福も名前は知っていた。田河酔岸は百年ほどまえの名高い絵師で、京都の大きな寺院の障壁画などを多数手がけている。残した絵画はどれも蒐集家《しゅうしゅうか》垂涎《すいぜん》の的《まと》で、血《ち》眼《まなこ》になって探しているものも少なくない。

「まえから欲しかったのをようやく手に入れました。高《たこ》うつきましたけど、それだけの値打ちのあるものやと思います」

「すごい……これは見応えある」

茂作はしきりに感心している。

「たしかに見事なもんだすなあ」

お福も同調して世辞を言うと、

「おおきにおおきに。京都のさる高貴なお方の持ちもんだしたのやが、そのお方がお金に困って売りにだしはりましてなあ、すぐになんにんかが手ぇ挙《あ》げたなかで、わてが落札させていただきましたのや。最後は、あの鴻池《こうのいけ》さんに競《せ》り勝ったんだっせ。けど、おかげさんでこうしてわてのものになって、今はこんな具合に、いろんなひとに見せては悦《えつ》に入《い》っとるわけだすわ」

兼兵衛にさんざん自慢を聞かされ、やっと解放されたのは夜中だったのだ。

（たまに、ええ絵を見せてもらうのはたしかに目の保養になるな……）

そう思ったとき、お福は幸助も絵師であることを思い出して苦笑《にがわら》いした。

（あいつの絵は瓦版の挿《さ》し絵《え》と、竜の席画（座敷で即席に描く絵）ぐらいしか見たことない。いっぺんちゃんとしたやつを見せてもらわなあかんな……）

お福は、ふわああ……と欠伸《あくび》をすると、

「ここらで止めてもらおかな」

「へえ」

船場《せんば》のど真ん中で駕籠を下《お》り、

「これは決めの駕籠賃《ちん》、こっちは酒手《さかて》や」

「いつもぎょうさんちょうだいしてすんまへん」

良太がそう言ったとき、どこかで犬が遠吠えをした。その声があまりにものさびしく聞こえたので牛次郎が、

「兄貴、船場てさびしいところやな」

「おまえは昼の船場しか知らんさかいや。夜はこんなもんやで」

夜の船場の町は静まり返っている。どこの商家も、よほど忙しいときでないと夜なべはしない。日の出とともに店を開《あ》け、明るいうちに精いっぱい働き、夕刻には店を閉《し》めてしまう。油代を節約する商人の知恵なのである。お福旦那が自分の小提灯《こぢょうちん》に火を灯《とも》しながら、

「ははは……たしかになあ、わたいもさっきまでにぎやかな場所にいただけに落差が大きいわ」

と言ったとき、牛次郎が急に、

「ひゃあっ」

と叫んだ。お福と良太が牛次郎の視線の先に目をやると、そこには小さな寺があり、その墓所が道に面している。大小の墓が並ぶなか、ひとつの墓の左右に青い火が浮い

ているのが見えた。牛次郎はその場にへたりこんでしまった。良太も顎《あご》が外《はず》れんばかりに大口を開けて、ふわり、ふわり……と上下するその炎を見つめている。

(鬼火《おにび》か……)

お福が身構えたとき、その墓の陰から白い着物を身にまとい、頭に三角の頭巾《ずきん》をかぶった痩《や》せさらばえた老婆《ろうば》が顔をのぞかせた。

「ぶわああああっ!」

良太と牛次郎は悲鳴を上げたが、恐怖のあまり一歩も動けずにいた。お福が、

(鬼火に幽霊はつきものやけど……)

そう思ったとき、墓のまえにだれかが立っていることに気づいた。商家の旦那風の男である。白い着物の老婆はその男に向かって、

「こーのーうーらーみーはーらーさーでーおーくーべーきーかー……」

男は、

「はっはっはっはっ……」

と高笑いをすると、

「玄助《げんすけ》、こんなもんのなにが怖いのや」

男のすぐ近くの藪《やぶ》のなかから、

「あきまへんか。夜中の墓場ゆうたらそれだけでもたいがい怖いもんだっせ。そこへ鬼火と幽霊が出たら、普通のお方なら怖がるはずだすけどなあ……」

　そう言いながら、べつの男が立ちあがった。玄助と呼ばれたその男は長い竿《さお》を持っており、その先端から鬼火がぶら下がっていた。

「わしは『普通のお方』やないのや。夜の墓場のなにが怖い？　昼間は機嫌よう墓参りがでけるのに、晩だけ怖いゆうのはおんなじ場所やのにおかしいやないか」

「そんな理屈を言われても……」

　お福旦那は良太と牛次郎に、

「どうやら趣向《しゅこう》みたいやで。ちょっと見物にいこか」

「旦さんも酔狂《すいきょう》だすなあ。けど、本ものの幽霊やないとわかっても、こんな夜中に墓に行くのは気色《きしょく》悪おまっせ」

　良太が言うと牛次郎も、

「こないだのスッポン駕籠のとき以来、わてら夜の寺には懲《こ》りてますのや」

「ええがな、ええがな、おもろそうやがな。さあ、提灯消して……」

　お福があまりしつこく誘うのでふたりも、

「しゃあないな……」

とついてきた。三人はその墓のすぐ近くに、男たちに気づかれないように陣取った。

商家の旦那風の男は大声で怒鳴《どな》っている。

「あほらしい。墓なんぞただの石やないか。卒塔婆《そとば》はただの木や。なんじゃい、こんなもん……」

男は墓を足で蹴《け》りつけると、あたりに立ててあった卒塔婆を引っこ抜き、バキバキ……と折りはじめた。

「あ、あかんあかん、旦さん、無茶なことしたら怒られまっせ」

「この幽霊かて偽者やろ。こら、幽霊、白状せえ！」

男は幽霊の恰好《かっこう》をした老婆の胸倉《むなぐら》をつかんで墓の裏側から引きずりだした。

「痛い痛い……こんなことされるやなんて聞いてまへんで、玄助はん！」

玄助はあいだに割って入り、

「かなんなあ、もう……。近所の紙屑屋《かみくずや》のおばんが、嫌がるのを『小遣《こづか》いやるさかい』言うて無理矢理扮装させとりますのや。手荒なことはやめとくなはれ！　この人《ひと》魂《だま》かて、綿に焼酎《しょうちゅう》染み込ませて火ぃつけて……いろいろ仕込みに手間かかってますのやで」

「そんなことは知らん。わしは、とにかくいっぺんでええさかい怖がらせてほしい。

それだけや。このわしに『怖い……！』と言わすものはおらんのか」
お福たち三人が顔を見合わせてくすっと笑ったとき、
「こらあ！　さっきから墓場で騒いでたのはおまえらか！」
声のした方を見ると、怒気をはらんだ顔つきの坊主がひとり、仁王立ちになってい
た。手に箒《ほうき》を持っている。坊主はあたりを見回し、
「なんじゃこれは！　卒塔婆がバラバラになっとる。おまえらの仕業《しわざ》やな、この罰当
たりが！」
そう言って箒を振り上げた。お福旦那は、
「そら逃げっ！」
と叫んで走り出した。良太たちもあとに続く。しばらく逃げたところで、お福はう
しろを振り返ってみたが、坊主は追いかけてきてはいなかった。ふと横を見ると、玄
助ともうひとりの男、それに幽霊に扮した老婆も一緒になって走っている。お福は立
ち止まって、
「皆さん、もう大丈夫のようだっせ」
老婆は胸に手を当てて荒い息を鎮《しず》めながら、
「ああ……ああ……苦しい……」

としゃがみ込んだ。商人風の男も、

「久しぶりに駆《か》けたさかい、しんどいわ。あっははは……」

玄助が、

「怖がってもらいたいのに笑われたらどないもならんなあ」

「おまえの仕掛けが不出来やさかいや。もうちょっと工夫せえ」

お福旦那が興味津々《しんしん》の顔で、

「これはいったいどういうことだすのや。――申し遅れましたが、わたいはお福というもんでおます。今駕籠でここを通りかかったら、あんさんがたがなにやら面白そうなことをしてはるのでちょっと見物しとりましたのや」

「あんたが豪遊で名高いお福旦那だしたか。お名前はわしの耳にも入っとります。紀《き》文大尽《ぶんだいじん》の再来や、と新地や新町で評判やとか。一度、一座させていただきたいもんだすなあ」

「あんさんは……?」

「わしは鍾馗屋太郎衛門《しょうきやたろうえもん》と申しまして、順慶町《じゅんけいまち》で代々生糸《きいと》問屋を営《いとな》んどります。どういうもんか生まれついての怖いもの知らずでなあ、今までいっぺんも『怖い』と思たことがおまへんのや。小さいころから夜中に厠《かわや》へ行くのも山のなかを歩くのも平気の平左《へいざ》でな、怖い話を聞いてもなんとも思わん。芝居の怪談を観《み》ても、客席で笑《わろ》とるだけ。以前はそのことを自慢のように思とりましたのやが、よう考えたら、皆さんが怖がってるものをまるで怖がれん……というのは、えらい損をしとるような気がしてきましてな……。せっかくひととして生まれてきたからには、血も凍《こお》るような怖い目、というのに遭《お》うてみたい、と思うようになりました」

「ほう……」

お福旦那は好奇心が刺激された。世のなかに、怖い目に遭いたくない、というひとはいるが、怖がりたいというひとは少なかろう。

「それで、まわりのものに『わしを怖がらせたら三百両やる。ただし、かどわかしたり、殺すぞと脅《おど》したり、刃物を突き付けたり、怪我をさせたり……と命の危険を感じさせるようなことはあかん』と言うたら、われこそは、という連中が名乗りを上げてくれましたのや。これまでも、下手《へた》な落語家に怪談を聞かされたり、夜中に山のなかに連れていかれたり、蛇とか蜘蛛《くも》とかカエルなんぞを投げつけられたり、退屈《たいくつ》な百物語の会に呼ばれたり……けど、どれもこれもスカタンばかりや。なーんにも怖いことあらへんのだす。なかでも熱心なのがこの玄助でな、うちに出入りしとる髪結いやけど、三百両欲しさにいろいろなことを仕掛けてきよる。今日も、夜中にこの寺にひとりで来てほしい、というさかいわざわざ来てみたら、こんなしょうもないニセ幽霊や。がっかりしましたわ」

玄助は頭を掻《か》いて、

「けっこう怖いと思たんやけど、旦さん手ごわいわ」

良太が、

「わいらは怖かったで。小便ちびるかと思た」

牛次郎が、

「わてもや。『ひゃあっ』て言うてしもた」

「あんたらが怖がっても一文にもならんのや。旦さんが『ひゃあっ』て言うてくれんと……」

太郎衛門は、

「つぎはもっとがんばってや。わしも『ひゃあっ』て言いたいさかいな。けど、これも性分《しょうぶん》で、怖ないのに『怖かった』とはよう言わんのや。――ほな、わしは去《い》ぬで」

そう言うと、提灯に火を入れ、お福旦那たちに挨拶《あいさつ》をして帰っていった。玄助が舌打ちをして、

「今夜も骨折り損のくたびれもうけか……」

そうつぶやいたとき、幽霊の恰好をした老婆が痩せこけた手をにゅうと玄助のまえに出した。

「ひゃあっ！　な、なんや、おばん」

「わて、まだ小遣いもろてまへんで。約束の二十文おくなはれ」

「長屋に戻ってから払う」

「ほんまやろな。嘘やったら、こーのーうーらーみー……」

「わかったわかった」

ふたりが去ったとき、良太が言った。

「しもた！　駕籠、置いてきてしもた。牛、取りに戻るで」

「けど……あの坊さん、待ち構えてるんやないやろか」

「そんなこと言うたかて、手ぶらで店に帰れんやないか」

ふたりは寺の方に戻っていった。お福旦那は笑いながら、

(怖がらせてくれたら三百両、か……おもろい御仁《ごじん》やなあ)

しかし、そのときはふたたび鍾馗屋太郎衛門に会うことになろうとは思っていなかった。

らい売れましてな……」

◇

葛幸助は筆の穂先を筆軸にはめこんでいた手を止めた。

「そうだすのや。こないだ先生に描《えが》いてもろたこの『物《もの》の怪《け》尽くし』の一枚刷りがえ

瓦版屋の生五郎《なまごろう》が、二色刷りの刷りものを幸助に示しながらそう言った。生五郎は、瓦版だけでなく簡単な「一枚刷り」も手掛けていた。瓦版は、心中、犯罪、天災……など実際にあった出来事をいち早く伝えるものだが、一枚刷りというのは、内容も俳《はい》諧《かい》、狂歌《きょうか》、各種の番付、暦《こよみ》、武勇伝などの絵物語、各地の名所や寺社の紹介……など多種多様で、あからさまなでたらめや政《まつりごと》を風刺《ふうし》したものもあった。そんななかに「妖怪もの」というべき分野があり、たとえば「木曾《きそ》の山中にうわばみが現れ、旅人を飲み込んだ」とか「侍が狐に化かされて肥溜《こえだ》めに落ちていた」とか「大坂城の堀に河童《かっぱ》が何匹も出てきて、夜な夜な相撲《すもう》を取っている」とか……。たいてい絵入りで、ときには二色ぐらいの彩色をほどこすこともある。

「化けものの絵を描け、というのか」

先日、生五郎は「物の怪尽くし」という一枚刷りを作った。化けナスビ、ひと食いガマ、ろくろ首の夫婦、翼の生《は》えた犬、松ぼっくりのお化け……といった七、八種類の妖怪の絵を幸助が描き、そこにちょっとした紹介文を添えたものだ。妖怪は、幸助がでっち上げた。こういう「妖怪もの」は、値段も三、四文《もん》と安いこともあって、こどもによく売れるのだ。

「あれには苦労した。河童や天狗《てんぐ》ならよいが、新しい物の怪を考えるのに往生《おうじょう》したぞ」

「化けナスビには笑いましたわ。猫は二十年飼うと化ける、て言いますけど、ナスビも二十年経《た》ったら化けるのやろか」

「そのまえに腐るだろう」

「とにかくあの一枚刷りが評判で、もう一枚作ろか、と思たんでやすが、いっそのこと絵草紙にしたらどや、ということになりまして……」

「うーむ……絵の注文はありがたいが、何匹ぐらい物の怪を考えねばならんのだ」

「そうだすなあ。とりあえず、四、五十ぐらいだすやろか」

「四、五十……？　そりゃ無理だ。こないだの七、八匹でもたいへんだった」

「新しく考えんでもよろしいで。ほら、鳥山岩燕《うやまがんえん》先生の……」

「ああ、『画図百怪変化』か」

烏山岩燕は狩野《かのう》派の絵師だったが、一連の妖怪画が評判を呼び、没後の今も刷り増しが売れ続けているという。

「あそこに載《の》ってる絵を写したらよろしいがな」

「うーん……それでは剽窃《ひょうせつ》になるし、そもそも模写は苦手なのだ。好き勝手に描くのが性《しょう》に合っているからな」

「ははは……それはわかっとります」

幸助はもともと狩野派に属する絵師である。父親の葛鯉井《りせい》がそうだったからだが、狩野派の教え方というのは「粉本《ふんぽん》」といって、師匠や先達《せんだつ》の絵をひたすら真似《まね》ることで上達する、というものだが、幸助はそれが不得手《ふえて》だった。真似ようとしても、まるで異なったものになってしまう。構図から筆遣いからなにもかもちがう、ただの別ものができあがる。父親からも、絵の師匠と仰《あお》いでいた狩野慈五郎《じごろう》からも、

「学ぶことは『真似ぶ』ことなのだ。もっと手本をしっかり見て、真似をするように」

と叱られたが、これぱっかりはどうにもならない。描いている途中で、

（こうした方が面白い……）

と思ったら、筆がひとりでにそう動いてしまうのだ。父親に手ほどきを受けたあと、京に住む狩野慈五郎の内弟子となって修業したころのことを幸助は懐《なつ》かしく思い出した。

（そういえば、あいつはどうしているだろうか……）

幸助の脳裏《のうり》にある男の顔が浮かんだ。それは、狩野慈五郎のところで同時期に絵を教わっていた安居重道《やすいしげみち》、画号を唐蝶《とうちょう》という、幸助より三つほど若い絵師だ。狩野慈五郎は大勢の弟子を取っていたが、同じときに内弟子をしていた、という関係は格別なものである。唐蝶は、幸助とは逆で、とにかく手本をちらりと見ただけで、完璧に同じ絵を描いてしまう。しかも、それが絵巻物だろうが、雪舟《せっしゅう》の水墨画だろうが、中国の南画《なんが》だろうが、豪華な屛風絵だろうが、浮世絵だろうが、俳画だろうが、なんでもござれなのである。幸助はいつも感心して、

「おまえは本当にすごい。俺なんか、真似ようとしてもめちゃくちゃになってしまう。うらやましいな」

と言うと、唐蝶は皮肉られたように思うのか、

「私なんか小器用なだけの、ただの物真似絵師です。おのれの個性というものがありません。葛さんは個性のかたまりですから」

そう卑下《ひげ》するのだが、幸助は心底唐蝶の技を高く買っていた。しかし、妹が病気なので絵では食べていけない、とかで、いつしか表舞台から消えてしまった。そのことを幸助は残念に思っていたのだ。

（いいやつだった。それにひきかえ……）

幸助と唐蝶にとって兄弟子にあたる横河原晋三《よこがわらしんぞう》、号を白海《はっかい》という男がいた。幸助は、彼のことが大の苦手だった。嫌っていた、と言ってもいい。狩野派の画風をもっともまっとうに受け継ぎ、各大名や寺社からの評価も高く、今では押しも押されもせぬ大物絵師である。

横河原はいつも幸助の絵を馬鹿にして、

「師風を継がずしてなんの絵師の本懐《ほんかい》ぞ。おまえの絵はただおのれの描きたいように描いているだけだ。だから、いつまでたっても上達せぬ。こんなものは狩野派の絵ではない」

とののしった。唐蝶のことも、

「真似を続けるなかからおのれの色を見つけなければならぬというのに、おまえはずっとだれかの真似ばかりしている。まるで、ひと真似をする猿だな。猿は猿。ひとにはなれぬ」

とあざけっていた。

父の跡を継いで大名家の御用絵師になり、主君の肖像画を描くことになった幸助だが、例によって好き放題に絵筆を走らせた絵を殿さまに見せると、

「貴様には、余《よ》の顔がかかる化けものに見えると言うのか！　目通りかなわぬ！　下がれ、下がれ！」

と機嫌を損じてしまい、葛家は断絶の憂《う》き目《め》に遭った。そのときも横河原はわざわざ手紙を寄越《よこ》し、

「父親と先生の顔に泥を塗《ぬ》るとは言語道断《ごんごどうだん》。恥を知れ。主君に対する不忠でもある」

と言ってきた。そのあと幸助は大坂に出てきたので横河原との関係はそれで終わった。

（絵の世界もいろいろだ……）

唐蝶はともかく、横河原には二度と会いたくなかった。しかし、往々にして、「一番会いたくない人物」に会うことになるものである。

「先生、なんとか頼みますわ。化けナスビがあかんかったら、化けカボチャ、化け大根に化けニンジン……なんぼでも描けますやろ」

そこへ、

「びんぼー神のおっさん、いてはりまっかーっ！」

大声を上げて勢いよく入ってきたのは、「弘法堂《こうぼうどう》」という前垂れをつけた丁稚《でっち》の亀《かめ》吉《きち》である。丸顔で、頬が赤く、鼻がつんとうえを向いた、元気いっぱいの男の子だ。

「追加の材料を持って参じましたさかい、お納めくださいい。これは受け取りだす」

筆作りは、さまざまな工程に分かれており、大勢の職人がそれぞれ作業を分担している。亀吉はそれらの職人の住んでいる長屋を回り、材料を持って来たり、できあったものを受け取ってつぎの工程の職人に渡したり……という役目を言いつかっていた。幸助が受け取りに名前をしたためて亀吉に手渡すと、

「あっ、これ、このまえ出た『物の怪尽くし』や！　わても買いました。店のみんなは化けナスビがええ、て言うとったけど、わてはなんちゅうたかて羽の生えた犬やなあ。犬に羽があったらおもろいやろな。お寺の五重塔のうえに犬がいっぱい並んでたりして、地面に餌撒《えさま》いて、おーい、ご飯やぞーっ、て言うたら、一斉《いっせい》にバタバタ飛んできてわんわんわんわん吠《ほ》えたりして……ははは……鳩やがな」

亀吉は、「物の怪尽くし」を十分《じゅうぶん》楽しんでいるようだ。

「もしかしたらこれって、かっこん先生が描きはったん？」

幸助が答えるまえに生五郎が、

「そやねん。けっこう評判やさかい、思い切って絵草紙を作りたい、と思たのやが、先生、渋ってはるのや」

「なんでだす？　わても先生の妖怪絵草紙読みたいわ」

　幸助が、

「おまえらはそう気楽に言うがな、この一枚絵の物の怪を考えるだけでも苦労したのだ。ない知恵を絞ってこれだけだ。四、五十匹も考えるのはむずかしい」

「それやったら、この亀吉におまかせを！　わては弘法堂の物の怪大博士と呼ばれとる丁稚だっせ。新しい妖怪を考えるのは得意中の得意だす」

「では、おまえが絵を描くか？」

「それは無理！　わては考える役、先生は描く役」

「ふむ……たとえばどんな妖怪だ」

「そうだすなあ……。うちは筆屋やさかい、筆から考えてみますわ。——こういうのはどうでおまっしゃろ。大きな筆を持ったひとつ目の大入道《おおにゅうどう》が最初に出てきて、『わしは妖怪のことならなんでも知ってるかっこん大先生じゃ。今から妖怪の絵姿を描いてしんぜよう』と言いますのや」

　生五郎が勢い込んで、

「それ、おもろいやないか。五十の妖怪は、全部そのひとつ目大入道が描いた、ゆうことやな。添え書きも大入道がしゃべったことにしたらええ。その趣向、もろたで！先生、ちょっとためしにそのひとつ目大入道の絵、描いてもらえまへんか」

幸助はしばらく考えていたが、やがて筆を取った。紙のうえに、ぎょろりとしたひとつ目の大入道が現れた。耳たぶがやたら長く、頭はごつごつとして、口には鋭い歯が並んでいる。縞柄《しまがら》の衣《ころも》を着て、右手に背丈《せたけ》よりも長い太く大きな筆を持っている。

亀吉が、

「うわあっ、すごいなあ。これやったら、うちの店の看板にもなりますわ」

幸助が、

「こんな気持ちの悪い看板の筆屋にだれが行くか」

「ほな、店の名前を『入道屋』に変えたらええ。先生、ちょっと筆貸しとくなはれ」

亀吉はみずから筆を取ると、絵の右横に「かっこん先生」と書き入れた。生五郎が亀吉に、

「亀吉っとん、悪いけどどんどんお化け、妖怪、物の怪、怪物、変化……なんでもええから考えてくれ。先生、それでよろしいな。考えるのは亀吉っとん、描くのは先生」

「そう急《せ》かすな。俺は筆を作らねばならんのだ」

亀吉が唾《つば》をとばして、

「先生の本業は絵描きだすやろ！　筆なんか、あんなもんほっといたらよろし」

「おまえが言うな」

そうは言ったものの、たしかに幸助は絵師である。筆づくりは内職なのだ。絵草紙の挿し絵であっても、絵の仕事がもらえるのはありがたいと思わねばならない。

「よし、引き受けるか」

生五郎がポン！　と手を打ち、

「これで決まりだすな。ほな、亀吉っとん、頼むで」

「へえ、なんぼか考え付いたら、また参ります。あっははは—、おもろなってきた」

亀吉は意気揚々と長屋を出ていった。生五郎も、

「亀吉っとんがたまたま来てくれてよかったわ。ほな、先生、よろしゅうお願いいたします」

そう言って帰っていった。幸助はごろりと横になり、

（妙なことになったな。この俺が物の怪の本を描くことになろうとは……。しかし、俺にできるだろうか……）

いくら亀吉が知恵を貸してくれたとしても、五十匹の妖怪を考えつくとは思えない。半分ぐらいは幸助がでっちあげることになるだろう。そのとき、老人姿のキチボウシがちょうど掛け軸から抜け出してきたので、

「キチボウシ、おまえ、物の怪や妖怪に知り合いはいないか。化けものの絵を大量に描かねばならぬことになったのだ」

「フヒハヒハヒ……聞いておった。間尺《ましゃく》に合わぬ仕事を引き受けると、あとで悔《く》やむことになるぞよ」

「すでに半《なか》ば悔やんでおるのだ」

「この世には物の怪なんぞおらぬ。すべては人間が勝手に作り出した妄想《もうそう》じゃ。天井に汚らしい染みがついておれば『天井なめ』の仕業、川でこどもが溺《おぼ》れたら河童の仕業、町なかで女が髪を切られたら『髪切り』の仕業……真相のわからぬできごとはなんでも妖怪変化がやったことにする。そもそも我輩《わがはい》は『神』ぞよ。神が妖怪などという下賤《げせん》なものと関わりがあろうはずがない」

「零落《れいらく》した神のことを妖怪と呼ぶ、という話も聞いたぞ」

「だれがそのようなたわけたことを……」

「まあ、よいではないか。零落した神と零落した絵描きが同じ家に住んでいるという

のも面白かろう。絵の仕事も舞い込んだ。前祝いに酒でも飲むか」

「そんな気楽なことを言うておってよいのか。我輩がここにおる以上、おそらく近々、またぞろ災厄が襲ってくるはずぞよ」

「では飲まぬのか」

「飲む」

キチボウシがそう言ったとき、

「こちらに絵師の葛鯤堂《かっこんどう》先生がおられますやろか……」

そんな声がした。

「今日は客が多いのう」

文句を言いながらキチボウシはあわててネズミのような小動物の姿に変身した。

「葛鯤堂は俺だ。用があるなら入ってこい」

「へえ……」

入ってきたのは四十歳ぐらいの、四角い顔をした町人だった。羽織袴《はおりはかま》を着用し、帯に扇子《せんす》を一本挟《はさ》んでいる。あまりこういう貧乏長屋に出入りしたことはないとみえ、薄気味悪そうに幸助の家のなかをチラ見している。その気持ち、住んでいる幸助にもわからぬでもない。壁土は落ち、天井は割れ、蜘蛛の巣が下がっており、板の間には埃《ほこり》が積もっている。また、応対している幸助も、痩せこけてあばらの浮いた貧相な人物である。着ているものも、まるで雑巾《ぞうきん》のようにぼろぼろの垢《あか》じみた一張羅《いっちょうら》だ。

「あの……あなたが葛鯤堂、葛鯤堂先生だすか」

「いかにも俺が葛鯤堂、葛幸助だ」

男はホッとした顔つきになり、

「わては平野町《ひらのまち》で書画屋《しょがや》を営《いとな》んでおります勧美堂《かんびどう》の主、栗十郎《くりじゅうろう》と申します」

書画屋というのは画商のことである。栗十郎は、幸助の垢まみれの着流し姿と擦《す》り切れた畳、ひび割れた天井などを見て、なにやらひとり合点《がてん》している。

「おまえはどこで俺のことを聞いてきたのだ」

「それはその……」

栗十郎がそう言ったとき、キチボウシが「きちきちっ……！」と鳴いて彼の袴の裾《すそ》を齧《かじ》った。

「ぶわっ……！」

栗十郎は蒼白《そうはく》になって身体《からだ》をよじった。

「な、なんでおます、これは！」

「ははは……ネズミ、のようなものだ。気にするな」

「先生が飼うてはりますのか」

「いつのころからか棲《す》みついておる。毒はないから安心しろ」

栗十郎はため息をついて、

「わてが日頃お世話になっておりますす横河原白海先生からお名前をうかがいました。絵も拝見させていただきました。なかなか奔放不羈《ほんぽうふき》な画風でいらっしゃいますな」

幸助は、いきなり横河原の名が出たので驚いたが、

「奔放不羈というか、でたらめなのだ」

「ははは……ご冗談を。じつは、葛鯤堂先生にお仕事をお願いしたいと思《おも》て参上いたしましたのや」

「俺に……仕事？」

まともな書画屋から依頼を受けるなど、今の幸助にはほぼないことだった。

「へえ。わてが懇意《こんい》にしとります常珍町《じょうちんまち》の油問屋で成田屋房五郎《なりたやふさごろう》というお方がおられますのやが、けっこうな分限《ぶげん》でおます。その成田屋はんが襖絵《ふすまえ》をご所望《しょもう》とのことで、先生にお願いにあがった次第でおまして……」

「ふ、襖絵だと……？」

幸助は驚いた。襖絵、つまり、障壁画というのは、そんじょそこらの絵描きが描く

金もあるひとびとが、名のある絵師に依頼する案件である。寝殿造や書院造の建物の一室において、十数枚の襖に続き絵を描くのだ。墨一色による大胆磊落《だいたんらいらく》な山水画あり、金箔《きんぱく》などを用《もち》いた豪壮絢爛《ごうそうけんらん》なものあり……狩野派をはじめ、長谷川等伯《はせがわとうはく》、海北友松《かいほうゆうしょう》……といった高名な画家たちがその腕を競《きそ》ってきた。幸助がごとき貧乏絵師に注文がくるようなしろものではないのだ。

「成田屋はんは、新町の琴音《ことね》という太夫《たゆう》にえろう入れ込んどりましてな、いつも琴音と一緒にいたい、という気持ちが高《こう》じて、とうとう家に『琴音の間』を作ることにしはりましたのや。その部屋の襖に琴音太夫の絵姿を描いてもろて、つねに琴音に囲まれて暮らしたい……とまあ、そういうわけだすのや」

「ふーむ……その御仁にはお内儀《ないぎ》はおられぬのか」

「いてはりまっせ。こども四人いてはります。けど、嫁はんがいてようがこどもがいてようが、この道ばかりはべつだすがな。若い別嬪《べっぴん》の方がええ、てなもんだすやろ。へへへへへへ……」

栗十郎はにたにたと笑った。

「どうだす?　お引き受けいただけますやろか」

「俺の絵はかなり変わっていてな、たとえその琴音という太夫を見て描いたとしても、そっくりの顔立ちには描けぬ。かなり違ったものになると思うが……」

「横河原先生のところで絵を拝見して、そのことはわかっとります。そこそこ似てたらよろし。着物やら帯の柄なんかで琴音とわかるようにしといてもろたら……」

「琴音の姿は何人分描けばよい？」

「襖絵というたかて、お城や大きなお寺みたいな部屋やおまへん。襖は全部で八枚だけでおます。せやさかい、四人ぐらいだすやろか。舞を舞うてるところ、琴を弾《ひ》いてるところ、猫と遊んでるところ、団扇《うちわ》を使うてるところ……みたいに仕草《しぐさ》を描き分けとくなはれ」

「いつまでに描き上げればよいのだ？」

「十日で描いてもらえますか」

「十日……！　そりゃ無理だ。襖絵なんてものは手間《てま》も暇《ひま》もかかる。美人画なら墨一色というわけにもいくまい。色も塗らねばならぬ」

「そこをなんとか頼んます。極彩色《ごくさいしき》の金箔《きんぱく》貼ったようなもんやのうてよろしいねん。ちゃっちゃっと適当に描いとくなはれ」

なによりも作品の仕上がりを大事にすべき書画屋の口から「ちゃっちゃっと適当に

描け」という言葉が出たことに幸助は困惑したが、絵師として一度は襖絵というものを描いてみたい、という誘惑に勝つことはできなかった。

「絵は、その成田屋に行って描くのか？」

「いいえ、絵の寸法は申し上げますし、襖への貼り付けはもちろんこちらでやりますさかい、先生は家でお描きいただけますか。できあがったら、わてがいただきに参上します。代金は、五両でどないだすやろ」

そう言って栗十郎は五両取り出して、懐紙《かいし》のうえに並べた。

襖絵が五両とはなんとも安く買いたたかれたものだ、とは思ったが、幸助のような無名の絵師が、十日で五両、しかも前払いでもらえると思えば、ありがたい仕事と言えるかもしれない。なにしろ瓦版の挿し絵などではない久々の絵の注文なのである。

「わかった、引き受けよう。とにかく一度その琴音太夫に会わせてもらわぬとな」

「へえ、それは手配《てくば》りいたします。これは使うていただく紙と、お近づきのしるしの酒でおます。ほな、わてはこれで……」

腰を浮かしかけた栗十郎に、

「ちょっと待て。横河原殿はなにゆえ俺を推薦したのだ？」

「さあ……そらわかりまへんけど、葛鯤堂先生の腕を高《たこ》う買うてのことやおまへんやろか。わてとしても、横河原先生に太鼓判を押してもろたら安心だすさかい……」

そう言うと、栗十郎は帰っていった。幸助は腕組みをして、

(横河原が俺に襖絵の仕事を世話するとは……あれほど馬鹿にしていた俺に……)

しばらく考えてみたものの、理由はわからなかった。幸助は笑いがこみ上げてきた。

(この俺が襖絵か……はははは……なにが起きるかわからぬな。物の怪の方はしばらく待ってもらおう)

老人姿に戻ったキチボウシが、

「あの書画屋、おのしに襖絵を、それも美人画を頼みにくるとは馬鹿か、と思うたが、酒を持ってくるとは気の利《き》くやつじゃ。早速飲むとしよう」

そう言って一斗樽《いっとだる》を開《あ》けようとしたので、

「キチボウシ、おまえの厄病神としての通力も落ちたのではないか？　さっきの妖怪草紙といい、今の襖絵といい、災厄どころか良い話ばかり持ち込まれるではないか。どうなっておるのだ」

キチボウシは「きちきちっ」と笑い、

「そんなことを言うておれるのも今のうちだぞよ。そのうちにとんでもない災《わざわ》いが降りかかるじゃろう」

「楽しみでならぬわい」

キチボウシは湯呑みに注《そそ》いだ酒を飲み干すと、

「それは我輩《わがはい》にはわからぬ。わからぬが……」

「どんな災いだ」

◇

翌日、また勧美堂の栗十郎が「日暮らし長屋」にやってきた。

「なんだ、これは」

「お着替えでおます。今から太夫に会いにいくのに、なんぼなんでもみすぼらしいさかい、うちで適当な着物を持ってまいりました」

幸助はおのれの着ているものを見て、

「なるほど。新町に行くにはこのなりではいかぬか」

「あきまへん。早《はよ》うお召替えを……」

幸助は言われるがままに着替えたが、足もとも袖も寸足《すんた》らずで妙ないでたちになった。

新町の門前にある柳の木の下で、鉢巻きを締めた白袴、たすき掛けの浪人体《てい》の男がだみ声を張り上げていた。

「さあさあ、ご用とお急ぎでないかたがたはゆっくりと聞いておくれ。遠目山越し笠のうち、物の文色《あいろ》と理方《りかた》がわからぬ。山寺の鐘はごうごうと鳴るといえども、童子ひとり来たりて鐘に鐘木《しゅもく》をあてがえば、鐘が鳴るやら鐘木が鳴るやら、とんとその音色《ねいろ》がわからぬが道理だ……」

ガマの油売りだ。ガマの油というのは止血薬であり、貝の殻《から》に詰《つ》めて売られていた。少々の傷ならこれをつければ「痛みが去って血がぴたりと止まる」というのが売り文句である。しかし、立ち止まろうとするものはひとりもいない。幸助はその男の顔を見知っていた。以前、中之島《なかのしま》で蔵屋敷の侍相手に剣術道場を開いていた人物である。不景気のせいで弟子が減り、とうとう道場を畳《たた》んでしまった。「剣の道一筋の拙者《せっしゃ》が、ほかの稼業《かぎょう》に就《つ》くわけにはいかぬ」と言っていたようだが、

（香具師《やし》になったとは……。皆、生きるために必死なのだ……）

門をくぐると、久しぶりに訪れた新町は、不景気とは無縁な昼遊びの客でにぎわっていた。開《あ》け放たれた窓から三味線の音や酔客の下手くそな小唄が聞こえてくる。

「うわあ、旦さん、お上手……！」

芸子か舞妓が客に世辞を使っている。

（いつ来ても、ここは別世界だな……）

幸助はそう思った。もてなす側も一流なら、もてなされる側も一流、そして、勘定も一流……という限られた分限者だけの遊興の場なのである。もちろん幸助にはそんなところに行く金もないし、また、そんな気もないのだ。

ふたりは新町の置屋《おきや》「絹滝《きぬたき》」に入った。一室で琴音が出迎えた。

「太夫、こちらが今度の絵を描いてくださる葛鯤堂先生や」

栗十郎が言った。琴音太夫は品定めするように幸助をじろじろ見ると、

「勧美堂さん、こちらのおかだ……まことに絵描きの先生か」

「そや。こう見えて腕はたしかやで。太夫を別嬪に描いてくれはること間違いないわ」

「そうだすか。それやったらよろしいが……」

ずいぶんと失礼なことを言われている、とは思ったが、幸助は柳に風と受け流しながら、琴音太夫を観察し、懐紙に絵筆を走らせた。

（なるほど、たしかに整った顔立ちだが、俺の絵心には響かぬな……）

つまり、幸助の絵の題材にはならぬ、ということだ。しかし、これは仕事である。

栗十郎が、

「ほな、まずは琴音だけにお琴を弾いてる図柄がええやろ。ちょっと弾いてもらえるか」

「へえ……」

そう言ったものの、琴音は琴を取りにいこうとしない。禿《かむろ》に、持ってこい、と命じることもない。弾く恰好をしただけだ。幸助が、

「それでは手がどう動くかわからぬ。琴があるなら弾いてもらえぬか」

「お断りじゃ。私は新町の太夫ぞえ。主《ぬし》のような名もない絵描きさん相手にお琴は弾けぬ」

大坂唯一《ゆいいつ》の公許の遊郭である新町の遊女には、太夫、天神《てんじん》、鹿子位《かこい》、端女郎《はしじょろう》……という序列があったが、その頂点に立つ太夫ともなれば、踊り、三味線、琴、茶の湯、生け花、香合わせ、書道、俳諧《はいかい》、和歌、漢籍、囲碁《いご》などにも通じていなければならない。客も、大名など身分の高い武士、豪商、文人墨客《ぶんじんぼっかく》……ばかりで、見識《けんしき》が高く、職人や田舎侍、商家の手代ごときは相手にしないのだ。琴音太夫も、幸助のことを無名の絵師としてなめてかかっているようだ。

栗十郎がとりなすように、

「まあまあ、お琴は重いさかい、持ってくるのもたいそうや。——ほな、つぎは舞姿といこか。立って、踊る真似《まね》してほしいのや」

「嫌ぞえ。お三味線もないのに、アホらしゅうて踊れるものか」

幸助は、

「おまえは、おのれの姿をよろしく描いてもらいたい、という気持ちがないのか。損をするのはおまえだぞ」

「私がお琴を弾かいでも、舞を舞わいでも、私がそうしてる姿を思い描《えが》いて絵を描くのがまことの絵師とは違うのか」

「そりゃあそうだが……せっかく目のまえに当人がおるのだ。やってみせてもらったほうが描きやすい」

「私にお琴弾かせたら高《たこ》うつくぞえ。それでもよいのかのう」

幸助はしばらく考えていたが、

「わかった。金を払おう」

「ほほほほほ……おまえさま、このお仕事なんぼで引き受けなさった」

「五両だ」

「五両？　ほな、その五両、花代として私におくれなんせ」

幸助はうなずき、財布から五両の金を出して琴音太夫のまえに置いた。

栗十郎が、

「えっ……？　それでは先生、画料が吐き出しになりまっせ」

「かまわん。ここまで言われては引き下がれぬ」

琴音太夫は薄ら笑いを浮かべ、

「それやったらお客さまじゃ。喜んでなんでもやらせてもらうぞえ」

「その代わり言うておく。この五両は俺がこの勧美堂からもろうた全額だ。それをおまえに払うからには、俺の思うように描かせてもらうぞ。俺はおまえの外面《そとづら》ではなく、中身を描く」

「外見でも中身でも、どうぞお好きに描きなんせ」

それから琴音太夫は琴も弾き、煙管《きせる》も吸い、猫と戯《たわむ》れ、その様子を幸助は数十枚の紙に写生した。およそ小半刻《こはんとき》もしたころ、これ見よがしの欠伸《あくび》をしながら、

「もうよいじゃろう。そろそろお化粧せねばならん時刻じゃ」

幸助はうなずき、

「わかった。もうよい。邪魔をしたな」

そう言って立ち上がると琴音太夫に一礼し、部屋を出たが、琴音太夫は幸助を見向

きもしなかった。

「小半刻で五両か。いい遊びだった」

幸助が皮肉を言うと、

「すんまへん。しかし、新町の太夫ともなるとたいしたもんだすなあ」

幸助が支払った五両のことはあまり意に介していないようだった。

ふたりが九間町《くけんちょう》の「八奈岐屋《やなきや》」という揚屋《あげや》のまえを通りかかると、二階の窓から、

「おーい、貧乏神」

という声がかかった。

「あんさんが昼遊びとは珍しいやないか。上がってきなはれ。一座しまひょ」

見上げると、お福旦那が身を乗り出している。

「おお、福の神か。こんな大店《おおみせ》に俺が入るわけにはいかぬ。ちと話したいことがあるからおまえが下《お》りてきてくれ」

「心得た」

勧美堂の栗十郎は目を丸くして、

「貧乏神と福の神とはまたけったいな取り合わせだすなあ」

「俺の知り合いなのだ。すまぬがここで別れよう」

「わかりました。ほな、絵のほうは九日後に長屋に取りにあがりますさかい、よろしゅうお願いいたします。昨日も言いましたけど、あんまり上手《うま》く描かんでもかましまへん。期日にさえ間に合わせてくれたらよろし」

そう言うと栗十郎は帰っていった。幸助が八奈岐屋の表で待っていると、お福旦那が笑いながら現れた。

「貧乏神の先生が新町で昼遊びとはえべっさんと大黒《だいこく》さんが驚いとることやろ」

「馬鹿を言うな。おまえとは違う。俺は仕事で来たのだ」

「ほう……絵のほうかいな」

幸助は、琴音太夫の絵姿の襖絵を頼まれ、当人に会ってきた、という話を手短にした。

「琴音太夫か……。わたいは呼んだことないけど、あんまりええ評判は聞かんなあ」

「さすがに器量よしではあったが、日頃、ほめられ慣れしているからだろう、ひとを選《え》り好《ごの》みして見下《みくだ》すようなところがあったな。――それとはべつに生五郎から物の怪の絵五十四の注文もあって、案外忙しいのだ」

「美人画から妖怪画まで……幅の広い仕事ぶりやがな。感心感心」

「おまえこそ昼遊びか」

「いや、朝、帰りそびれたさかい、このまま居続けるか、そろそろ帰るか、迷うてたところや。あんたとこで飲み直そか」

「俺は九日後に襖絵を仕上げねばならんのだ」

「ええやないか。あんたの絵を描いてるところを見ながら一杯飲みたいのや」

甘えるように言うお福旦那に幸助は、

(それもいいか……)

と思った。

ふたりは連れ立って福島羅漢《ふくしまらかん》前の幸助の家に向かった。戸を開《あ》けると、老人姿でスルメを齧っていたキチボウシがあわてて絵のなかに飛び込んだ。幸助は、

「俺は今から絵を描く支度《したく》をするから、おまえは酒の支度をしてくれ」

「酒の支度ゆうたかて、湯呑みを出すだけやで。スルメもそこにあるし……」

幸助は苦笑《にがわら》いして、あたりを片付け、大事そうに紙を広げた。襖絵や屛風絵に使う鳥の子紙はかなり高額であり、描き損じのことも考えると、大量に必要である。昨日、栗十郎が持ってきてくれなかったら、紙屋に手配しなければならぬところだった。そのうえに、さっき描いた琴音太夫の写生を並べて構想を練り始めた。腕組みをしてじっと白紙を見つめている幸助に、お福は酒を飲みながら言った。

「どや、なんぞ思いついたか」

「なんにも思いつかぬ」

そう言って幸助は湯呑みに酒を満たし、ひと息に飲み干した。

「どうもやる気にならぬ。画料を琴音太夫に取られてしまったからな」

「どういうこっちゃ?」

幸助が、きちんと写生させてもらうために琴音太夫に画料を全部渡したことを話すと、

「そらひどいなあ……」

「三両ぐらいにしておこうかとも思うたのだが、五両もらった、と先に言うてしまったからな、売り言葉に買い言葉で、つい……」

「ほな、タダで描くようなもんやがな」

幸助は笑いながら、これが厄病神がもたらす災難なのかもしれぬ、と内心思っていた。

「たとえ商家の一室であろうと、絵師にとって襖絵を描くというのは名誉なことだ。それに、金をもらっていないも同然だから、俺はおのれの思うように描くつもりだ。外面ではなく中身を描く。だからタダでもよいのだ」

「気にいった。——さあ、飲も。今日は初日や。焦《あせ》ることない」

お福に注《そそ》がれるまま幸助はさらに数杯の酒を飲み、スルメを齧った。お福は、

「この仕事、どこのだれがあんたに注文しよったのや」

「成田屋房五郎とかいう油問屋の主が、勧美堂栗十郎という書画屋を通して依頼してきたのだ。栗十郎が、どの絵師に頼むのがよいか、と親しくしている絵師の横河原白海という男に相談したところ、俺の名前が出たらしい」

「横河原……？」

幸助は苦い顔で、

「俺の先輩でな、狩野慈五郎先生のところで一緒に修業した身だ」

「その物言いの様子では、あんまり馬が合わんおかたのようやな」

「そういうことだ。まるで仲は良くなかったのだが……」

「そんなおかたがなんであんたを推挙《すいきょ》したのやろ」

「五両で襖絵を描くような安上りの絵描きはいないか、と言われて、貧乏絵師の俺のことを思い出したのだろうさ」

「ふーん……」

お福旦那は湯呑みを置いて、なにやら考え込んだ。

「どうかしたか？」

「いや……わたいは油問屋の成田屋はんにお目にかかったことはないけど、新町のなんとかいう太夫にえらい入れあげてる、という噂は耳にしてた。それが琴音太夫のことやとは思うてなかったけどな……」

　そう言ったきり黙っているので、

「成田屋の主になにか不審なことでもあるのか」

「そやないけど……成田屋ゆうたらたいそうな羽振りの店やで。そこの主の道楽にしては、五両とはケチくさいやないか。惚《ほ》れた女郎のためなら、ポーン！　と百両ぐらい出したらええのに、と思うてな。それに、そういうときは嘘でも世間に名の通った大先生、おっと、これはかっこん大先生に失礼やな……」

「失礼なことはない。まことのことだ」

「世間に名の通った大先生に頼むもんやないのかなあ。妙なところでケチらんかてええのに。その女に好かれようと思うなら、そこは見栄張って金使うところやろ」

「金持ちほどしまり屋だと言うからな。毎晩、色里《いろさと》で豪遊しているおかたにはわからんのだ」

「わたいかて、毎晩金をばらまいてるわけやないで。普段は店でちゃんと仕事もしとる」

ふたりはしばらく無言で酒を飲んだ。会話もなければ、三味線、太鼓の音もなく、幇間《たいこもち》のべんちゃらもない。しかし、この静かな飲み会がお福にはかけがいのない時間に思われた。

どちらもかなり酔ってきたところで、突然、幸助が言った。

「よし……一度描いてみるか」

「え？　琴音太夫をかいな」

「そうだ。少しだけ興が乗ってきた」

「おもろいやないか。来た甲斐《かい》があったわ」

そう言ってお福は酒を湯呑みに満たした。

「まず下図を作るのが本来だが、いきなり描くのが俺のやり方だ」

幸助は紙に重石《おもし》を置き、筆を取った。しばらく呼吸を整えていたかと思うと、斜めの線を引いた。それをきっかけにして、さらさらと筆を進める。たちまち紙のうえにはひとりの女性が床几《しょうぎ》に腰かけ、団扇を持って涼《すず》んでいる姿が現出した。

「ほう……」

お福旦那は目を細めた。幸助は、

「どうだ？」

「さすがやなあ。たいしたもんや」

「これはまだ下絵だ。ここから墨で濃淡をつけ、絵の具で彩色をする」

「えらい別嬪や。この仕草もなんともいえず色気がある。あんたが見た琴音太夫に似てるか？」

「まあまあ似ていると思う」

「そうか……」

　お福旦那はしばらく考えていたが、

「ほな、あかんわ」

「なに……？」

　幸助の声は怒りを含んでいた。

「まあ怒らんと聞いてくれ。あんたはさっきなんと言うた？『俺はおのれの思うように描くつもりだ。外面ではなく中身を描く』て言うたのとちがうか？」

「ああ……たしかにそう言った」

「わたいには絵のことはようわからんけど、この絵は琴音太夫の中身を描《えが》けてるか？」

「うーむ……」

幸助は腕組みをして唸《うな》った。

「あんたの話では、琴音太夫はえらい別嬪やけど、ひとを選り好みして見下すような女子《おなご》やそうな。嫌味な顔つきにせんでもええけど、この絵はきれいな顔立ちの女がきれいなべべ着てるだけやないか？」

「なるほど、恐れ入った。まさかお福に絵のダメ出しをされるとは思わなかった。お説ごもっともだ。俺は、偉そうなことを言っておきながら、知らず知らずに外面を整えようという気持ちになっていたようだな。後の世まで残すつもりで描く、などという不遜《ふそん》な気持ちはないが、絵というものは、たとえ瓦版の挿し絵であろうと、上辺《うわべ》を整《ととの》えるだけでは意味がない。形のうえでは仕事として引き受けたが、あくまで俺の絵を描かねばならん」

「素人《しろうと》の感想を聞いてくれてうれしいわ」

幸助は酒を湯吞みの縁《ふち》きちきちまで注《そそ》ぎ、それを飲み干すと、

「よし……見ておれ！」

今描いた絵を破り捨てると、太い筆に取り替えてたっぷりと墨をつけ、紙を穴が開くほど見つめていたが、

「えいっ！」

武芸者《ぶげいしゃ》が袈裟懸《けさが》けに斬りつけるように筆を叩きつけた。そして、一気呵成《いっきかせい》にひとりの女性を描き切った。さっきの絵のように上品な美人ではない。雪の枯れ枝に止まった烏《からす》の絵や、獲物を狙う鷹の絵などと同様の、美しさのなかに一種の凄《すご》みや恐ろしさまで感じられるような絵だった。しかも、身体に比べて顔が異様に大きく強調されており、顔つきものっぺりと微笑《ほほえ》んではいない。

「おおっ……！」

お福旦那は手を打って、

「これや！　これでこそあんたの絵や。この女子の顔を見てると、化粧の下に隠してある冷ややかな一面がじわじわにじみ出てくる。仕草も、きりりとしていて、最前の絵よりずっといきいきしとる」

「おまえのおかげで、魂《たましい》の入らぬ絵を描かずにすんだ。だが……この絵を勧美堂が喜ぶとは思えぬな」

「なんでや」

「この絵は、おまえも言ったとおり、見ようによっては美人画というより怖い絵だ。あちらはもっときれいな絵が欲しいのだろう。だが、仕方ない。これが俺の絵だ。もし、向こうが受け取らなかったら金を返す……と言いたいところだが、金は琴音太夫のふところに入ってしまったからな。まあ……なんとかなるだろう。とにかく気分がすっきりした。飲もう」

お福旦那は、

「あんた、今、怖い絵、て言うたけど、おもろい話があるのや。酒のアテに聞いてくれるか」

そう前置きすると、先日の夜に見かけた鍾馗屋太郎衛門の話をした。

「なるほど、生まれてから一度も怖いと思ったことのない男か。うらやましいような気もするが、それでは他人が感じる怖さがわかるまい。それに、歌舞伎や文楽、怪談や妖怪画を楽しむこともできまい。俺が今度描く物の怪の絵はおふざけが勝ったものだが、それでも『物の怪とは怖いものだ』という気持ちがなくてはよい絵は描けぬだろう」

「それで、わたいが考えたのは、絵でひとに怖い思いをさせられるやろか、いうことや。怪談を聞いても芝居を観ても夜中に墓場に行っても怖くないという御仁がパッと見て、悲鳴を上げるような絵は描けるもんやろか」

「むずかしかろう。古来、幽霊画は多く描かれてきたが、ほとんどは怖いというより薄気味が悪いものだ。だが、挑《いど》んでみたい気もする、見たものの心肝《しんかん》寒からしむような絵にな」

そのあとふたりは朝まで痛飲《つういん》したあと、そのまま横になって寝てしまった。朝日を顔に浴《あ》びて幸助が目を覚《さ》ましたとき、すでにお福旦那の姿はなかった。起き上がると、ずきん……と来た。

（うう……飲みすぎたな。頭が痛い……）

こめかみを揉《も》みながら幸助が昨晩淹《い》れた出がらしの茶を啜《すす》っていると、

「びーんぼーがみのーおっさーん！」

叫びながら駆《か》けてくるのは丁稚の亀吉だ。ガタガタとドブ板を下駄で踏み鳴らすのでそれが頭に響《ひび》いてしかたがない。

「亀吉、二日酔いなのだ。もう少し静かにできぬか」

「すんまへん。やかましいのがとりえの丁稚やさかい」

「そんなとりえがあるか。——それにしても今日はやけに早いな。まだ、五つ（午前八時）まえだぞ」

「へえ、今日は朝のご膳《ぜん》いただいたらすぐに出てきました」

商家の丁稚は朝まだ暗い七つ（午前四時）に起きて、七つ半（午前五時）から朝ご飯を食べ、それから店の掃除や開店の支度をして、明け六つ（午前六時）には店を開《あ》ける。

「そんなに早く来ても、まだ筆は仕上がっていない」

「筆なんかどうでもよろし。ええ物の怪を思いついたさかい、忘れんうちにさっそく知らせようと思いまして……」

「そのことだが……俺がちょっと忙しくなってしまってな、物の怪の絵を描くのはしばらく先ということになりそうだ。だから、そのあいだにおまえがどんどん妖怪を考えておいてくれたら助かる」

「承知しました！　今日考えてきたのは、まず、バッタ小僧。脚がものごっつう長いねん。草むらに隠れてて、ひとが通りかかると、急にぴょーんとその頭を飛び越して、飛び越されたひとは死んでしまう恐ろしい物の怪や」

「バッタ小僧か。面白いな」

幸助は手近な紙にバッタ小僧の名前と紹介文を走り書きした。

「つぎは、水撒《みずま》き丁稚。丁稚が店のまえで撒いた水が侍の着物にかかってしもた。侍は無礼者！　ゆうて丁稚を斬り殺した。その晩から夜な夜な丁稚の幽霊が現れて、雨の日も風の日も水を撒くようになった。その水がかかったひとは死んでしまう恐ろしい物の怪や」

「雨の日も水を撒くのか。ははは……それもいいな」

「それから、妖怪ウナギウサギ。ウナギみたいな顔やけど、白い毛が生えてて、脚も四本ある。川に棲んでて、漁師が来たら水のなかに引きずり込んでしまう恐ろしい物の怪や」

「蒲焼《かばや》きにすると美味《うま》いかもしれぬな」

「最後は、暴れ大根。丸太みたいに太くて大きい大根の化けもので、家のなかに暴れ込んできて家財を壊してしまうのや。腕に覚えの侍に斬られても、すぐに元通りになってしまう恐ろしい物の怪や」

「なかなかいいぞ。その調子でもっといろいろ考えてくれ」

褒《ほ》められて亀吉はニコニコ顔になり、

「へえ、また思いついたら言いにきます。——一応、筆のほうもよろしゅうに」

そう言って亀吉は立ち上がろうとしたが、幸助が描きかけた琴音太夫の絵を見て、

「えらい大きい絵だすなあ」

「これは襖絵だ。襖に貼り付けるのだからこれぐらいの大きさになる」

「この女のひとは、なんの妖怪だす？」

幸助は噴《ふ》き出して、

「妖怪ではない。新町の太夫を描いたものだ」

「なーんや、ただの人間か。ほな、わてには関係ないわ。――あれ？」

そのとき亀吉は、先日幸助が見本として描いたひとつ目大入道の絵を見つけた。

「ああ、これこれ。これがかっこん先生や。――ぎゃーっ！」

急に亀吉が大声を出したので幸助は、

「どうかしたか！」

「こ、この絵……ない、ないない、筆がない」

震える声で亀吉は大入道の絵を指差した。はじめ幸助は亀吉がなにを言っているのかよくわからなかったのだが、よくよく見てやっと気が付いた。大入道は背丈《せたけ》よりも長い筆を鬼の金棒《かなぼう》のように持っていたはずなのに、今目のまえにいる大入道は筆を持っていないのだ。幸助も、

「どういうことだ……。俺が酔っぱらって、あとでもう一枚、筆なしのものを描いたのを忘れてるのか……」

亀吉はかぶりを振り、

「そんなことおまへん。ほら、ここに『かっこん先生』て書いてありますやろ。これはわての字だす」

「うーむ……わからん……」

「うわあ……怖あ……」

亀吉は顔を引きつらせて、

「わて、去《い》にまっさ。ああー、怖い怖い……。物の怪の絵はやっぱり怖いことが起きますのやな」

「おい、このこと、あまりべらべら丁稚仲間や番頭、主に話すではないぞ。内緒にしておけ」

「そや！　このことみんなに教えたらな！　おやえちゃん、怖がって泣き出すかもしれんなあ」

そう言いながら亀吉は帰っていった。

「言い触《ふ》らすな、と申しておるのに……仕方のないやつだ」

幸助はふたたび座り込んだ。絵に描いたものが勝手に消えるはずがない。なにかからくりがあるはずだ……。

（絵……消える……なるほど、そうか！）

幸助は、壁に掛かった掛け軸の色紙を見た。衣冠束帯《いかんそくたい》を着けた大陰陽師《だいおんみょうじ》安倍晴明《あべのせいめい》と向かい合うように六体の付喪神《つくもがみ》が並んでいる。付喪神というのは百年を経《へ》た器物の妖怪のことで、この世に害をなす鬼のようなものである。その真ん中に、ネズミに似た顔の老人がこちらを向いて座っている。厄病神も付喪神のひとつなのだ。そして、その手には筆が握られていた。

「おい、キチボウシ……出てこい」

老人は筆を摑《つか》んだまま絵からぞろり、と抜け出してきた。絵のなかの付喪神は五体となり、キチボウシがいた場所は白く抜けている。

「おまえの仕業《しわざ》か、この大入道の絵から筆が消えたのは」

「さようさ。絵の世界からこちらに出ると、絵のなかのおのれが消える。同じように、おのしが描いた絵から絵筆だけを借りて使い、うっかりそれを持ったまま我輩の絵のなかに戻ったゆえ、この絵から絵筆が消えたのだ」

「なにに使うた?」

「キシシシシシ……」

キチボウシはけたたましく笑って、

「おまえと福の神がいつまで経っても酒盛りを続けておるので、我輩も飲みたくなった。あの男に早く帰れと念じておったが、朝になっても飲み続けておる。挙句《あげく》の果てにはふたりともいびきをかいて寝てしもうた。なんたる破廉恥《はれんち》な……と思うたゆえ、筆で福の神の顔にいたずら書きをしてやったぞよ。ふひはひはひは……」

つられて幸助も笑い出した。顔になにか書かれているとも知らず、店に戻っていったであろうお福の姿を思い浮かべたからだ。

「この女の絵は、このまま言うておった美人画だな。気に入った。なかなか意地悪そうに描けておるわい」

「そんなに意地が悪そうに見えるか？」

「見えるとも！　底なしに意地悪……我輩の好みぞよ」

キチボウシは飽《あ》くことなくその絵を眺《なが》めていた。

◇

その夜、お福旦那は曾根崎新地に向かって難波橋《なんばばし》のうえを歩いていた。向こうからやってくる人物に見覚えがあった。

「佐世保屋さんやおまへんか。こないだはごちそうになったうえに眼福までちょうだいしまして……」

お福が挨拶《あいさつ》すると、

「おお、お福さん、こんなところで会うとは奇遇《きぐう》だすな。どこぞで一杯、と言いたいところやけど、今から葬礼《そうれん》に行かななりまへんのや。また、つぎの機会ということで……」

「どなたかお亡くなりだすか」

「こないだ、あんたとも会《お》うた森田屋の茂作さんや」

「えーっ……！」

不意打ちを食らってお福は思わず橋上で大声を出した。

「まだ若いのに……痛ましいことだすなあ。急なご病気かなにかで……？」

佐世保屋はかぶりを振り、小声で、

「ここだけの話……首を吊《つ》りよったらしい」

「えっ……」

「絵の好きな男でな、ことに水墨画が好みやった。百物語の会の亭主役をすることになって、そのときの掛けものにしたい、とあるおひとから雪舟の幽霊画を借りたのや」

「雪舟とはすごい。さぞかし評判になりましたやろ」

「ところが借りたその日にその絵を破いてしもた。驚いたけどあとの祭。謝《あやま》り倒したけど貸し主は許してくれん。損料《そんりょう》として五百両寄越《よこ》せ、と言うてきた。雪舟の幽霊画なら五百両が千両でもおかしいことはない。せやけど、あの男の商売は小さな数珠屋でな、とてもやないけどそんな大金は払えん。それでとうとう……」

「そうだしたか……」

「わてに相談してくれたら、なんぼかでも融通《ゆうずう》させてもろたのに、ひとりで思いつめよったのやな。たぶん、だれよりも絵の値打ちのわかってる数奇者のくせに、雪舟を破った、ということがかっこ悪うてひとに言えんかったのやろ」

「まさかと思いますけど、その絵、偽ものやおまへんやろな」

「わては見とらんのやが、間に入ったのは信のおける書画屋らしいし、箱書きもちゃんとしてたそうやし、あの男も、本ものと思う、て言うとった。水墨画については目利《めき》きやさかい、まず間違いないやろ」

「そうだすか……」

　佐世保屋兼兵衛と別れたお福は、暗い気分になった。新地に行く気にもならず、かといってこのまま帰る気にもならず、

（そや……また貧乏神のところに行こか。襖絵の納期が近いさかい忙しいかもしらんけど、こないだのことがあるさかい、嫌とは言わせんぞ）

「こないだのこと」というのは、顔への落書きの件である。あのとき、まだ寝ている幸助を起こすまいとしてお福はそっと長屋を出たのだが、すれ違うものたちが皆、お福の顔を見て、くすくす……と笑っているように思えた。なかには、

「わっはっはっはっ……」

と爆笑する職人らしき男もいて、白塗りを笑われたのかと思ったお福旦那は、

「おい、ひとの顔見て笑うやなんて失敬やないか。それとも、わたいの顔になんぞついてるのか!」

とややきつい口調で言うと、大工道具を肩に乗せたその男は、

「ついてるで」

「――え?」

「おまはんの顔に『おたふく』ゆう文字《もんじ》がついてるのや。嘘やと思たら鏡を見てみ」

あわてて指に唾をつけ、顔を撫《な》でると、墨が手についた。手ぬぐいを取り出し、顔をごしごしこすり、

「とれたか?」

「はっはっはっ……顔、真っ黒けになったわ」

お福は恥ずかしさのあまり、その手ぬぐいで頬《ほお》かむりをするとその場を逃げ出した

のだ。

（貧乏神め……！）

あのときのことを思い出したお福は、どうやって仕返しをしてやろうか、などと考えながら福島に向かって歩き出した。新地は今夜もにぎやかだが、そこを少しでも外《はず》れると急にひと通りが途《と》絶《だ》えて寂《さび》しくなる。時折、強い風が吹き、提灯の灯りが消えそうになる。

（今夜はなんや、やけに風のある晩やなあ……）

お福旦那がそんなことを思ったとき、

「お、おい……金寄越せ！」

曽根崎川沿いの松の木の陰から頬かむりをした男が飛び出してきて、お福の胸に刃物を突きつけた。それは包丁のようだった。

「なんや、あんた、追い剝《は》ぎか？」

男は腰が引けており、声も包丁を持つ手も震《ふる》えている。

「まあ、そんなもんや。命が惜《お》しかったら有り金残らず出してもらおか」

「命は惜しいし、金も持ってるさかい、出してやってもええのやが、なんぼ欲しい？」

「有り金全部や、て言うとるやろ」

「そら困る。帰りは駕籠にも乗りたいし……」

「ごちゃごちゃ抜かすな。死にたいんか！　わては洒落《しゃれ》や冗談でこんなことしとるんやない。マジでずぶりといくで」

さらに脅《おど》すつもりか、男は包丁をお福の喉《のど》にあてがおうとした。お福は男の手首をつかみ、反対側に折り曲げた。

「ぎゃひいっ、痛てててて……」

男は包丁を取り落とした。お福はすかさず包丁を蹴飛《けと》ばすと、護身用に持ち歩いている鉄扇《てっせん》を帯から抜いて、男の額《ひたい》を一撃した。男はその場に崩れ落ちた。

（弱いやっちゃなあ……。嘘でも強盗しよか、ゆうのやさかい、もうちょっと強うないと……）

そのまま行き過ぎようか、とも思ったが、打ち捨てておくのもしのびない。お福は仏心を出して、男の介抱《かいほう》をした。目を開けた男はお福の顔を見ると、頬かむりを取り、地面に正座して頭を下げた。

「すんまへんでした。ほんの出来心で……」

「出来心？　そやろなあ。あんた、追い剝ぎするには弱すぎるわ」

「あんたは見かけによらず、えらい強いなあ」

「今のは楊心流《ようしんりゅう》の小太刀《こだち》や。手加減したから目ぇ回すだけですんだけど、思い切り打ってたら、あんたの頭蓋《ずがい》は割れとるところやで」

「怖っ……。狙う相手を間違《まちご》うたわ」

　お福は少し男に興味を持った。

「あんた、なんで追い剝ぎなんかする気になったのや」

「聞いとくなはるか。じつはわては北浜の雑穀《ざっこく》問屋頼重屋《よりしげや》の跡取り息子で万次郎《まんじろう》というもんだす。親父は、商人は金を使うな金稼《かせ》げ金貯《た》めろ金増やせ、いうのが口癖のどケチやけど、息子のわてにはたったひとつだけ道楽がおまして……それが絵極道《えごくどう》だすのや」

　どこかで聞いたような話だな、とお福は思った。

「とにかく、気に入った絵を見かけると欲しゅうてたまらんようになる病《やまい》で、いろいろな絵を集めて、部屋に飾っては悦《えつ》にいっとりました。もちろん自由になる金もあんまりないさかい、そこそこの値段のもんしか買えまへんけどな。ところが先日、わての絵道楽をよう知ってるある御仁から、すごい絵を持ち主から借りることができたさかい、よかったら見においで、と誘われました。それが田河酔岸の『古都桜花図』という名品でおまして……」

「田河酔岸の『古都桜花図』やと?」

「ご存じだすか?」

「名前だけはな……」

「ええ目の保養になる、と思て、喜んで出かけました。部屋に通されて、そのおかたのまえで絵を拝見してるとき、女子衆はんが呼びにきはりまして、そのおかたは中座《ちゅうざ》しはりましたのや。ひとりになったわては、感心しながら絵を眺めてましたのやが、ちょっと……ほんまにちょっと軽うに絵の表に触《さわ》ったら……」

「破れたんか!」

「なんでわかりますのや」

「いや……ええから続けてくれ」

「触った途端にいきなりぴりぴりぴりぴりっとなってしもて……触ったわても悪いけど、あないに簡単に破れるとは思てまへんでした。どないしよ、どないしよ……と真っ青になってるところへ、主さんが戻ってきはりまして、すぐに破れてるのを見つけて、『あんたがやったのやろ。わては席外してたから、この部屋にいたのはあんただけや。この絵はそんじょそこらの安もんやないで。持ち主を拝《おが》み倒してやっと借りてきたのや。どないしてくれる!』とえらい剣幕《けんまく》で怒りはりまして……そら怒りますわ、田河酔岸やからなあ。けど、わてもまさか破れるとは思わなんださかい……」

「で、損料として五百両払え、て言われたか」

「いえ、三百両でおます」

「そこは違《ちご》うたか……」

「親父に泣きついたけど、もともとわての絵道楽が気に入らなんだ親父は、そんなもんにうちの身代《しんだい》からびた一文出せん、とけんもほろろでおまして……思い余ってとうとう追い剝ぎをする気になりましたのやが、開店したと思たらお客があんさんやったもんやさかい、もう休業や。情けないにもほどがあるわ……」

「ひとつ聞きたいのやが、その田河酔岸の『古都桜花図』を貸してくれた持ち主ゆうのは、もしかしたら米問屋の佐世保屋兼兵衛はんやないか？」

　万次郎はきょとんとして、

「違います」

「違う……？　ほな、だれや」

「油問屋の成田屋房五郎さんやとお聞きしとります」

「なんやと？」

　意外な名前が出たので、お福は仰天した。

「ほな、それを借りて、あんたに見せたおひとというのは……」

「へえ……書画屋の勧美堂さんでおます」

それを聞いてお福は心を決めた。

「あんた、今から一緒に来てくれるか」

「え？　まさかお奉行所へ……」

「ちがうちがう。貧乏長屋や。あんたの好きな『絵師』に会わせたるわ」

お福はそう言った。

◇

幸助は、襖絵の最後の仕上げにかかっていた。入ってきたお福旦那に目をやり、

「邪魔しにきたな」

「手助けにきたのや」

「嘘をつけ」

「こないだはえらい目に遭わせてもろて、どうもはばかりさん」

「なんのことだ」

「わたいの顔に『おたふく』て落書きしたやろ。どえらい恥を掻いたがな」

「あれは俺ではない」

「ほな、だれやねん」

「それは……」

まさか厄病神が書いたとも言えない。

「まあ……俺だな。怒るな。ちょっとした悪戯《いたずら》だ」

背後でネズミに似た小動物が「キチキチッ」と笑った。お福は、

「今日は客人を連れてきた。さあ、入り」

おどおどした若い男が顔をのぞかせた。

「なんだ、こいつは」

「追い剝ぎや」

「はあ……？」

お福は経緯《いきさつ》を説明した。

「なるほど。絵をうっかり破ってしまい、その損料を取られるという件が二件、しかも、片方には勧美堂栗十郎が関わっている、というわけか……」

「ほとんど同じような話が続けざまに起きる、ゆうのはどう考えてもおかしい。森田

屋の茂作ゆう男に雪舟を貸したのがだれやったかは聞き漏《も》らしたけど、佐世保屋はんにきいたらわかるやろ。もし、それも勧美堂やとしたら……」

万次郎が、

「あの……あんたがた、勧美堂さんを知ってはりますのか?」

幸助が、

「俺が今描いているこの絵は、勧美堂に注文されたものなのだ」

そう言って、目のまえの絵を指差した。お福が、

「おお、もうできとるやないか!」

「九分通りな。なんとか間に合った」

万次郎は琴音太夫の絵を見て、

「ははあ……不思議な絵だすなあ。これも美人画だすか」

「そのつもりだ。——で、おまえはこれからどうする?」

「わては勧美堂さんにだまされたんだすやろか」

「それはまだわからぬ。箱書きはあったのか?」

「へえ……京の有名な目利きの筆が添えてありました」

「ふーむ……」

幸助はしばらく考えたあと、

「で、おまえはこれからどうするつもりだ」

「家に帰っても親父にがみがみ言われるだけやし、虫のいい話だすけど、しばらくここに置いてもらえまへんやろか」

「かまわぬが、明後日には勧美堂が絵を取りに来るぞ」

「ええええっ……それは困ります！」

万次郎は腰を浮かせ、

「しゃあないさかい帰りますわ」

「この件についてなにかわかるまではじっとしておれ。また妙な気を起こしてはならぬぞ」

「へえ。わては追い剝ぎには向いてないみたいだす」

そう言って万次郎は出ていった。幸助は湯呑みをふたつ取り出し、一升徳利から酒を注《そそ》いだ。

「今日は一日中絵を描いておったから肴《さかな》はない。味噌があるぐらいか」

お福旦那は、

「味噌でけっこう。舐《な》めながら一杯やろ。――けど、勧美堂は騙《かた》りをしとるのやろか」

「どちらも箱書きはあったというが、そんなものはいくらでも偽ものが作れる。ことに京の贋作師《がんさくし》は巧《たく》みで、年季の入った書画屋や古道具屋でもだまされるほどだ。書画の鑑定というのは、要するにその絵が絵師当人の筆かどうかを見分ける眼力があるかどうか、ということになる。本ものか模写かを見極めるのはむずかしい」

「『古都桜花図』の本ものは佐世保屋さんのところにあるのやで」

「そちらが偽ものでない、とは言い切れまい。森田屋の茂作も頼重屋の万次郎も絵道楽だ。それなりに見る目はあるだろう。そのものたちが『本ものだと思う』と申しておるのだから、今のところはどちらが正しいとも言えぬ」

「そやなあ……」

「ただひとつ、ひっかかることがある」

そう言って幸助は酒をぐいと飲み、

「俺が昔、狩野慈五郎先生のところで修業していたとき、先生から聞いたことがある。狩野派にはさまざまな秘伝があるが、裏秘伝ともいうべき口伝がいくつかある。もちろん口外無用《こうがいむよう》、門外不出の法だが、そのなかに『絵に触った途端破れる細工』というのがあるらしい」

「へええ……」

「紙を裏から剝がして一部分だけ薄くしておき、表から見てもわからぬような切れ目を入れるのだそうだ。なんのための技なのか、と先生にきいたのだが、笑ってお答えにはならなかった。今から考えると、絵に触ったものから損料を取るための仕掛けだったのだろう。絵師にもいろいろあり、俺のように独り身で、おのれの好きなように絵を描くために内職に励《はげ》むものもおれば、養うべき家族がおり、なんとか金を稼がねばならぬ、というものもいる。そういった絵師のための狩野家の秘伝のひとつなのだ。もちろん、そんな技を使ってしまった絵師は『闇の側』に堕《お》ちる」

「あんたはその技を知ってるのか？」

「先生は私にはお伝えにはならなかった。しかし、数多い狩野派の絵師のなかに、その秘伝を伝授され、使っているものがいるのかもしれぬ……」

　幸助は苦い顔でそう言った。

◇

「勧美堂でおます。先生、絵のほうはどないだすかいな」

腕枕で寝転んでいた幸助はむくりと起き上がり、

「おう、できておるぞ」

入ってきた栗十郎は、八枚の紙に描かれた四体の琴音太夫をじっくりと見た。文句を言われるかと思った幸助は先廻りして、

「似ておらぬと思うかもしれぬが、俺にはこのようにしか描けぬのだ。これではいかん、と言うならば、ほかの絵師に頼んでくれ」

「いえ……これでよろし。ようでけとりますがな。気に入りました」

栗十郎が案外すんなりと受け入れたので、言い訳じみた言葉を添えたのを後悔した。

「期日までにきっちり仕上げてもろて助かりました。ほな、いただいてまいります。どうもおおけに。また、なんぞおましたら頼みにきますさかい、そのときはよろしゅうに」

そう言うと絵を持って出ていこうとしたので、

「まあ、そう急《せ》くな。その絵はいつ成田屋の襖に貼るのだ？」

「今から職人に回しますさかい、できあがるのは二日後だすやろ。明々後日、まずは琴音太夫ひとりだけに披露《ひろう》することになっとります。そのあと、何日かしたら、今度は得意先やら友だちやらを大勢招いて、『琴音の間』の大々的なお披露目《ひろめ》をするそう

だすわ」

　火事になったとき以外は大門から外に出ることを禁じられていた江戸吉原《よしわら》の遊女と異なり、京の島原《しまばら》と大坂の新町の遊女や芸子たちは、客が金さえ出せば自由に廓《くるわ》の外に出ることができた。

「明々後日、俺も見にいってもよいか？」

「え？　うーん……それはやめときなはれ」

「なにゆえだ。おのれの描いた絵が襖に貼られたところを見たいではないか」

　栗十郎はしばらく考えていたが、

「わかりました。来ていただきまひょ。成田屋の旦さんにそう申し上げときます。そのかわり、言うときますで。この絵は五両出してわてが買うたもんだすわな」

「そのとおりだ」

「ほな、この絵をわてがどないしようとわての勝手、ちゅうことだすな」

「そりゃそうだ。焼こうが破こうがおまえの好きにしてよい。――だが、どういう意味だ？」

「それは言えまへんけど……。ほな、明々後日の昼まえに来ていただきまひょか」

　幸助はうなずいた。よほど栗十郎に「頼重屋万次郎という男を知っているか」とき

こうかと思ったがやめた。栗十郎は立ち上がりかけたが、ひょいと壁際に何枚か置いてあった一枚刷りの「物の怪尽くし」を見て、

「先生はお化けや妖怪の絵も描きはりますのか」

「近頃、そういう注文が多いのだ」

栗十郎はその一枚を手に取って、

「はははは……化けナスビに松ぼっくりのお化け……なかなかよう描けてますなあ」

栗十郎は幾度も礼を述べて帰っていった。幸助はふたたび横になった。「この絵をどないしようが勝手」という栗十郎の言葉には引っ掛かりを覚えたが、とにかくこれでひと仕事すんだのだ。妖怪画にとりかかるのは明日からにして、今日のところはのんびりしよう。安堵感《あんどかん》と解放感でうとうとしたとき、

「今のが書画屋の勧美堂か。ろくなやつではなさそうだのう」

目を開《あ》けると、老人姿のキチボウシが憤然《ふんぜん》とした顔つきであぐらを搔いていた。

「そう思うか」

「叩けば埃がやたらと出そうな男だ。ああいう輩《やから》とは付き合わぬほうが得策《とくさく》ぞよ」

「今日で仕事での付き合いは終わったから心配するな」

「心配などしておらぬ」

そう言いながらもキチボウシは栗十郎の去った方角をいつまでもにらみつけていた。

◇

「わては確かに茂作さんから、雪舟の幽霊の絵を書画屋の勧美堂の世話で借りた、貸してくれたのは油問屋の成田屋房五郎……そう聞いたと思うが、やっぱりとはどういうことだす？」

お福旦那は佐世保屋兼兵衛に言った。ここは佐世保屋の奥座敷である。

「ははあ……やっぱりそうだしたか」

「ほかにもそういう話がおますのや。ある雑穀問屋の跡継ぎが勧美堂さんの口利きで、成田屋さんがお持ちの高価な絵を借りたけど、うっかり破ってしもて、どえらい額の損料を取られるという……」

「わては勧美堂という書画屋のことは知らんのやが……もし、茂作さんがその男にだまされたのやとしたら許せんなあ」

「佐世保屋さん、じつはその雑穀屋が借りた絵というのが、田河酔岸の『古都桜花図』だすのや」

「なんやと……！」

「まさかと思いますけど、佐世保屋さんが買うた絵、贋作ゆうことはおまへんか」

「尊《とおと》いお方の箱書きもあったし、売りに出したのも身分あるお公家はんや。仲介した古道具屋も目利きやし、長年わてとは付き合いのある男やさかい信は置けると思う」

「雑穀屋が借りた絵にも箱書きがあったそうだっせ」

「勧美堂という書画屋に、その『古都桜花図』はどこから手に入れたもんかききたいところやな。わての絵は出どころがはっきりしとる」

自分の買った絵にケチがついたと思ったのか、佐世保屋兼兵衛は憤然としてそう言った。

◇

「邪魔をいたす」

油問屋成田屋の暖簾《のれん》をくぐった幸助がそう言うと、丁稚たちが一斉にこちらを向き、幸助のつぎはぎだらけで垢じみた着流しに不躾《ぶしつけ》な視線を送ってきた。

「なんの用だすやろ、ご浪人さん。うちは油問屋だっせ」

年嵩《としかさ》の丁稚が、すぐに出ていけと言わんばかりの口調《くちょう》で言った。

「俺は絵師の葛鯤堂と申すものだ。ここに書画屋の勧美堂が来ていないか」

「さあ……それを聞いてどうなさいますのや」

弘法堂とちがって、あまり丁稚のしつけができていないようだ、と幸助は思った。

家内に揉めごとがある店で往々にしてこういうことがある。

「俺がどうするか、おまえに言うつもりはない。俺は、勧美堂が来ているかどうか、とたずねておる」

「さあ……わては知りまへんなあ」

「知らぬものにきいても埒《らち》が明かぬ。だれか知っているものはおらぬか」

幸助が店内を見回すと、ひとりの手代が目に留まったので近づこうとすると、その手代は急に後ろを向いた。その顔になんとなく見覚えがあったような気がした幸助が話しかけようとしたとき、奥から現れたのは当の勧美堂栗十郎で、

「おや、葛鯤堂先生、お待ちしとりました。ここの主さんには話は通っとります。どうぞ奥へ」

廊下を曲がって突き当たりの部屋のまえで、

「旦さん、葛鯤堂先生がお見えになられました」

「そうか。鍵は開《あ》いとるさかい、入ってもろとくれ」

なかからダミ声が聞こえてきた。

（鍵……？　鍵がかかるようになっているのか……）

幸助が怪しんでいると、栗十郎はまず格子戸を開け、続いて襖を開けると、先に入室した。あとから入った幸助は、

「おお……」

と思わず唸《うな》った。右側の襖四枚と左側の襖四枚に幸助が描いた絵が貼られていた。それはなかなかの壮観で、幸助はかなりの感動を覚えた。琴音の顔をわざと不釣り合いに大きく描いたのだが、四つの顔に挟まれると迫力もある。

（俺の絵をこのようにしてもらえるとは作者冥利《みょうり》に尽きる）

太った中年男がニタニタと笑いながら、

「わてがこの家の主、成田屋房五郎でおます。此度《こたび》は琴音の絵を描いてもろて、どうもありがとうございました」

「こんなものでよかったかな」

「へえ、わては気に入りました。けどなあ……琴音がなんと言うかやなあ……」

妙なことを言うやつだ、と幸助が栗十郎を見ると、栗十郎もにやにやしている。

（どういうことだ……）

　幸助がいぶかしんでいると、

「もうじき琴音もここに来ることになっとりますよって、当人の口から直《じか》に聞きまひょか」

　そのとき、

「琴音太夫さんお越しだす」

　成田屋はパッと顔を輝かせると、どすどすと部屋から出ていった。迎えに行ったのだろう。しばらくすると禿を従えた琴音太夫を連れて、戻ってきた。琴音はちらと幸助を見たが、その衣服に顔をしかめ、

「このまえはどうも」

と一言言っただけでそのまえを通り過ぎた。成田屋は琴音太夫に、

「さあ、見とくれ。こちらの先生が描いてくれたおまえの絵姿やで」

琴音はまず右側の四枚を見、つぎに左の四枚を見た。

「どや、気に入ったか」

　琴音太夫の両目から涙がこぼれた。

「おお、おお、泣くほど心打たれたか」

「違います！　私はこんな顔やない！」

琴音は成田屋をにらみつけ、

「旦さん、あんまりじゃ……。こんな絵……まるで化けもんやないか。頭だけやたらと大きいし、顔つきも笑てるけどどこか怒ってるみたいで気持ち悪いし、手足も蜘蛛みたいに長うて、向きも変やし……」

「おお、そうかそうか」

「こんなみすぼらしい恰好をした貧乏絵師に頼むゆえいかんのじゃ。ほんまに私のこと思うておるならもっと名のある絵描きに描いてほしかったぞえ」

さすがの幸助もカチンと来て、

「おまえは俺に、好きに描いてよい、と言ったではないか。俺はそうしたまでだ」

「なんぼなんでもこれでは下手すぎる。おまえさま、まことに絵師かえ？」

琴音は禿から手ぬぐいをひったくると、それで涙と鼻水を拭《ふ》いた。

「絵師だ」

「今日から廃業なされませ」

「おまえに言われる筋合いはない」

「とにかくこれは私やないぞえ」

「俺の目にはこう見えたのだ」

「目医者に行きなされ」

成田屋があいだに入り、

「まあまあ、揉めるでない。――そうか、琴音、この絵は気に入らんか」

「二度と見とうない。破って捨てたいぞえ」

成田屋は栗十郎と顔を見合わせてニヤリと笑った。栗十郎が、

「ほな、破ったげまひょ」

そう言うといきなり手を伸ばし、一枚の絵をびりびりと破りはじめた。幸助が、

「なにをする！」

「怒ったらあきまへんで。ちゃんと『この絵をわてがどないしようとわての勝手』て念押ししましたがな。先生も『焼こうが破こうがおまえの好きにしてよい』とおっしゃいましたで」

「そ、それはそうだが……」

会話しながらも栗十郎は絵を破き続ける。驚いたことに、幸助が描いた絵の下からべつの絵が現れた。それを見た琴音太夫の顔が灯《あか》りに照らされたように明るくなった。

「旦さん、これは……」

成田屋はうなずいて、

「ほんまのおまえの絵姿や」

その絵は、琴音太夫とおぼしき美人が床几に腰を掛けて団扇を使っている図、つまり、幸助と同じ構図なのだが、品のある顔の、いかにも優し気な遊女が微笑んでいる。もちろん顔の大きさも、手足の長さもちょうどよい。栗十郎はほかの襖も順次破いていく。琴を弾いているところ、猫と戯れているところ、煙管を吸っているところ……どれも幸助の絵と同じである。しかし、上辺を取《と》り繕《つくろ》い、絵の辻褄《つじつま》を合わせただけの、内容のない絵だった。しかも、幸助にはその絵を描いた絵師の心あたりがあった。

「うわあ、旦さん、いけずじゃぞえ。私は肝《きも》が縮《ちぢ》まりました」

琴音は成田屋にすがりついた。

「はっはっはっ……おまえを驚かせようと思うての趣向や。このほうがうれしさが倍になるやろ。これは有名な先生にお願いしたものや」

「へえ、私もこんな絵描きに下手くそな絵を描かれてしもて、情けのうて死ぬ思いでおましたが、これで気が晴れました。さすがにちゃんとした絵師の絵は立派なもんじゃなあ」

きゃっきゃとはしゃぐ琴音太夫と、だらしなく相好《そうごう》を崩す成田屋房五郎を見ている

と、勧美堂が近寄ってきて、

「すんまへんなあ。先生には引き立て役になってもらいましたのや。最初から上手い絵を見せるより、一旦下《いったんさ》げてがっかりさせといてから上げたほうが効《き》き目《め》がある、ゆうことだすわ。まあ、五両もろて、凧《たこ》の絵でも描いた、と思たら腹も立ちまへんやろ。へへへへ……洒落、洒落。怒ったらあきまへんで」

幸助は、なぜ自分が今日、絵を見にいきたい、と言ったときに栗十郎がそれを許したのか、なんとなくわかった。普段の幸助の風体《ふうてい》を琴音に見せることで、こんな貧乏絵師にこんな絵を……という失望感が高まるだろうと思ったのだ。

「へへへ……先生もほんの少しのあいだ、自分の絵が襖絵になってるところを見て、喜びなはったやろ。――ほな、今日のところはお帰りいただけますか」

幸助は、畳のうえに散らばった彼の絵の残骸《ざんがい》を見やり、ため息をついた。

「わかった……」

幸助は部屋を出ていきかけたが、廊下に出る直前に振り返り、

「成田屋……」

「なんだす。まだなにか用事でも？」

「おまえのところに田河酔岸の『古都桜花図』があるそうだな。絵師として後学のた

めにぜひ拝見したいのだが……」

成田屋は顔をひきつらせ、

「あんた、どこでそんなことを……」

「雑穀問屋頼重屋の跡取り息子万次郎という男から聞いた。持っているのかいないのか」

「そ、それは……今、手もとにはおまへんのや。万次郎が破いてしもたさかい、勧美堂に繕ってもろとる」

栗十郎も、

「そうだす。うちがお預かりしとります。大事な絵に傷をつけられて、ほんま困っとりますが、なんとか修繕できるように思います」

「そうか。それなら修繕なったるときには見せてもらいたい」

「そりゃあもう……」

幸助は廊下に出た。しばらく進むと、そこに一番会いたくない人物がにやにや笑いながら立っていた。

「久しぶりだな、幸助」

それは、兄弟子の横河原白海だった。

「やはりあんたの絵だったか。いらぬことをしてくれた」

「勧美堂が女を下手くそに描く絵師をだれか知らぬか、というのでわざわざ名前を出してやったのだ。今のおまえには五両は大金だろう。感謝してもらいたいものだな」

「あんたの絵の引き立て役とわかっていたら引き受けるのではなかった」

「おまえが琴音太夫の座敷であれこれ写生しているとき、わしも隣の部屋からそっと見ておったのだ。おかげでよい絵が描けた。絵というものは、依頼主を喜ばせ、満足させねばならぬ。おまえのように身勝手な描き方はただのわがままだ」

「俺はおのれのために描くのだ。だから、此度もそうしたまでだ。――あんたはこの仕事で成田屋からいくら受け取った」

「二百両だ。つまり、わしの絵の値打ちはおまえの絵の四十倍ということだな。はっはっはっはっ……」

　幸助は舌打ちした。もうこんなところに用はない。二度と足を踏み入れることはないだろう。そう思って横河原に背を向けた。しかし、幸助がこの店に戻ってくる日は案外早く来たのだ。

老人姿のキチボウシは、幸助の話を聞いて笑い転げた。

「そんなに笑うな。俺はけっこう傷ついているのだ」

「おのしがおのれの描いた襖絵を見て、一時《いっとき》でも誇らしい気分になっていたかと思うとおかしゅうて腹の皮がよじれるぞよ。キシシシシ……キシシシシシ……」

「俺もおかしいとは思うていたのだ。いくらなんでも襖絵に五両は安すぎる。惚れた女の歓心を買うためなら、大店の主ならもっと出すはずだ。しかし、まさか絵のうえに絵を重《かさ》ね貼《ば》りしてあったとは……」

「大勢を呼んでの『琴音の間』のお披露目とやらにはおのしも出るのかや?」

「出るわけあるまい。描いたものの目のまえで絵をびりびりに破られたのだぞ」

「それがすなわち、災難ということぞよ。我輩の力、いまだ衰《おとろ》えずじゃ」

「そうか、おまえのせいだったのか」

「油断大敵。災難はまだまだ来るぞよ」

キチボウシはうれしそうだ。

◇

「びんぼー神のおっさーん、いてまっかー。物の怪丁稚が参じましたー。びんぼー神の先生ーっ。物の怪丁稚だすー！」

キチボウシはキリキリッと三度回ってネズミに似た小動物の姿になった。入ってきた亀吉は、

「また、新しい物の怪を思いついたんで、報《しら》せにきました」

「それはよいが……おまえ、仕事もしているのだろうな」

「あたりまえだすがな。こんなことしてるとバレたら番頭さんにどやされます。——まず、一匹目はムササビ丁稚。丁稚の恰好をしてますが、手と足のあいだに薄い膜《まく》があって、それで自在に空を飛べますねん。手代とか番頭に襲いかかっては血を吸う、恐ろしい物の怪や」

「ほう……それは面白いな」

「二匹目は猫公方。猫を大事にするのやのうて、猫が将軍さまを食い殺して、化けてますのや。夜中に大奥の行灯《あんどん》の油をなめたり、老中を食い殺したりする恐ろしい物の怪や」

「町奉行所に叱られるような気もするが、まあいいか」

「つぎは、冷や水爺《じじい》。夏の暑い晩に、桶《おけ》をふたつ担いで、『年寄りの冷や水はいらん

かえー』と言いながらやってくる骨と皮のジジイ。飲んだら最後、患《わずら》いついて死んでしまうという恐ろしい物の怪や」

「そんな水は飲みたくないもんだな」

「最後は屁《へ》こき娘。お尻の穴が八つあって、いつでもどこでも屁がこける。この屁を浴《あ》びたものは臭《くさ》さで気絶してしまいますのや。倒れたところに近づいて首を絞《し》める恐ろしい物の怪や」

「その物の怪とはいちばん会いたくないな」

あまりの馬鹿馬鹿しい発想に幸助はつい笑ってしまった。勧美堂と成田屋にだまされた不快さも随分《ずいぶん》と軽くなった。

「よし、そろそろ絵のほうに取りかかるか」

「待ってました！」

そう言って手を打った亀吉だが、

「ああああっ！」

「どうした？」

「筆が……筆が戻ってる！」

亀吉は、筆を持ったひとつ目大入道の絵を指差した。

「当たり前だ。もともとこういう風に描いたのだ」

「いや……けど……こないだは確かに筆がなくなってて……」

「見間違いだったのだろう。おまえが書いた『かっこん先生』という文字もちゃんとあるではないか」

「そやけど……えーっ、おかしいなあ……わて、絵から筆が消えた、ゆう話を店の丁稚仲間に言い触らしましたのや。今度見せたるわ、ゆうてさんざん自慢したのに……これやったらわてが嘘ついたことになってしまう。えらいこっちゃ、どないしよ……」

　さんざん首をひねりながら亀吉は帰っていった。幸助は笑いながら、まずは「ムササビ丁稚」について構想を練り始めた。顔が亀吉に似てくるのはどうにも仕方がない。

◇

　その三日後、バッタ小僧、ウナギウサギ、水撒き丁稚、暴れ大根、ムササビ丁稚、猫公方、冷や水爺、屁こき娘……の八匹の物の怪を描き上げた幸助は、亀吉が新たな妖怪のネタを持ってくるのを待ちながら、筆づくりの仕事に戻っていた。成田屋での一件についてはできるだけ忘れようとしていた幸助だが、否応《いやおう》なしにそれを思い出させる出来事が起きた。

仕事が一段落したので、冷めた茶を啜りながら、出来上がった筆を亀吉が取りにくるのを待っていると、バタバタというあわただしい足音が聞こえてきた。

(亀吉ではないな……。とすると、お福か？　いや、違う……)

などと考えていると、

「葛鯤堂さん、えらいことしてくれたな！」

勧美堂栗十郎であった。幸助は顔をしかめ、

「なんだ？　俺はもうおまえの顔は見たくないのだ」

「わてもあんたの顔なんぞ見とうないけどな……。あんたが腹を立てるのもわかるけど、金はちゃんと払うたで。それを、あんな意趣返しするやなんて、おとな気ないやおまへんか！」

「意趣返しだと？　なんのことだ？」

「とぼけなはんな。ちょっと来てもらいまひょか」

栗十郎は幸助の腕をつかんだ。

「どこに連れていくつもりだ」

「決まってますがな。成田屋さんの店でおます」

「今、いちばん行きたくない場所だ」

「とにかく来とくなはれ」

強引に栗十郎は幸助を長屋から連れ出し、成田屋へと引っ張っていった。「琴音の間」のまえで、

「旦さん、葛鯤堂を連れてきましたで！」

「わかった」

幸助がなかに入ると、そこには憤然とした顔の成田屋房五郎が立っていた。

「なにがあったというのだ」

「これ、見たらわかるやろ！」

成田屋は襖絵を指差した。もちろん横河原白海が描いたものだが、少し様子が変わっている。四人の琴音太夫の頭から角《つの》が生え、口からにゅうと牙が伸びているではないか。目つきもまるで鬼のような形相《ぎょうそう》に変えられ、爪も鋭く伸び、なかには火を吹いているものもいる。それに気づいた幸助は笑い出してしまった。

「なにがおかしい！」

成田屋は唾を飛ばした。

「いやいや……琴音太夫が鬼女に変身した、というわけか」

「あんたの仕業やろ」

「俺の？　いやいや……俺はこんなことはせぬ。そもそもあれ以来この店に来たことがないだろうが」

「腹立ちまぎれに夜中に盗人《ぬすっと》みたいに忍び込んで、こっそり描き変えたのやろ」

「俺はそのようなことはしておらぬが、どうして俺が腹を立てていると思ったのだ」

「それは……わてがあんたの絵を破ったさかい……」

「俺に悪いことをしたと思っているなら謝ってもらおうか」

「悪いことなんぞしてない。金は払うた」

そのとき、廊下をどたばたした足音が近づいてきた。そして、顔がヘチマのように長い男が現れた。手下《てか》の白八《しろはち》も一緒だ。

「西町奉行所定町廻り《じょうまちまわ》同心、古畑良次郎《ふるはたりょうじろう》だ。店の番頭の届け出により調べに参った。絵を描き変えられたというのはおまえか」

成田屋は、

「へえ、ここにおる葛鯤堂という絵師がやったと思います」

古畑は幸助に気づき、

「また、おまえか。なにゆえ絵を描き変えた」

「濡《ぬ》れ衣《ぎぬ》だ。俺はなにもしておらぬ」

古畑は、鬼女になった琴音太夫の絵をしげしげと見て、

「なかなか上手いものだな。素人の悪戯描きではあるまい」

幸助もうなずいて、

「俺もそう思う。もとの絵のうえに描き加えているのだが、ちょっと見ただけでははじめからこういう絵だと思えるぐらいだ。相当絵心のあるものが描いたようだ」

「他人事《ひとごと》のように言って、しらばっくれるな」

勧美堂が、

「この絵師は、近頃妖怪の絵を描いてると申しておりました。この鬼女の絵もきっとこいつがやったんだす」

「この男がそんなことをする理由があるというのか」

勧美堂が、成田屋が新町の太夫の歓心を得るための趣向に幸助の絵を使った経緯《いきさつ》について説明した。

「きっとこの絵師は、それを逆恨《さかうら》みして夜中に忍び込み、こんなことをしたのやと思います」

成田屋も、

「そうだす。今からこの絵のお披露目の宴会をする手はずで、客もぎょうさん来るし、琴音も来ますのや。ああ、もう……どないしたらええねん」

「黙れ！」

古畑はふたりを一喝《いっかつ》した。

「逆恨みだと？　私が聞いておるかぎりでは、おまえたちは恨まれて当然のことをしたように思うがのう」

成田屋と勧美堂は顔を赤くした。

「で、この絵が描き変わっていることに気づいたのはいつだ？」

成田屋は、

「つい今しがたでおます。今日は『琴音の間』お披露目の宴会やさかい、そのまえに部屋を検《あらた》めておこうと思って入ってみたらこんなことに……。なんにも知らんと楽しみにしとる琴音が可哀《かわい》そうで可哀そうで……」

「いい加減にせよ。この部屋に出入りできたものはだれだ？」

「それが……だれも出入りできたものはおらんはずだすのや。というのは、この部屋は襖のまえに格子戸の扉があって、そこには錠を掛けとるさかい、わてのほかだれも入れまへん」

「鍵はどこにある？」

「奥のわてら家族の寝所の枕もとに置いとりました」

「おかしいではないか。この絵師がやったのならば、おまえの寝所に忍び込んで鍵を持っていったことになる。いくらよく寝ていても気づくだろう」

「せやから、こいつはどんな錠前も開けてしまう盗人やないかと……」

そのとき、勧美堂が畳のうえにあったなにかを見つけ、拾い上げた。皆の視線がそこに集中した。古畑が、

「筆、だな。それも絵筆だ」

そう言って筆を受け取ると、幸助に突き付けた。

「これはおまえのものか？」

幸助はじっくりとその筆を見て、

「似ておる」

勧美堂が、

「そら、見なはれ！　語るに落ちるとはこのことや。こいつがやりよったんだすわ」

幸助はそれを無視して、

「だが……違う。この絵筆はわが師狩野慈五郎から俺が父親の跡を継いで独り立ちするときに貰うたのと同じ筆職人の作だ。しかし、俺のは使い込んでボロボロになってしまったから、こんなにきれいではない。嘘だと思うなら俺の家に来い。見せてやる」

勧美堂が、

「お役人さま、こんな貧乏絵師の言うこと信用したらあきまへんで。やったことがバレそうになったさかい、でたらめ言うてますのや」

古畑が、

「いや、このものの申すことも一理ある。おのれの仕業ならば、自分の筆に似ている、などと言うはずがない。となると……いったいだれがやったのだ」

「あてがやったんだす」

部屋の外から凛《りん》とした声が聞こえた。入ってきたのは、身なりのよい中年女だった。

成田屋が困惑したような表情で、

「おしま……！　なんでおまえが……」

「自分の胸に聞いてみなはれ」

幸助が勧美堂に小声で、

「だれだ？」

「ここのご寮人《りょうにん》でおます……」

おしまと呼ばれた女は錐《きり》のような視線を夫に向けて、

「あんたなあ、あてという女房がおりながら、自分の家に新町の女子の絵姿で囲んだ部屋を作って、あまつさえその部屋を大勢のおかたを呼んでお披露目をするやなんて……そんなことをあてが許すと思うてますのか！」

「いや、これは男の甲斐性……」

「なにが男の甲斐性や。あんたがその琴音太夫とかいう女狐《めぎつね》にはまってからというもの、あてがどれほどつらい思いをしたかわかってるのか。得意先のひとと会うたびに、主さんは派手にお遊びのようでけっこうだすな、ああ、あやかりたいもんや……と言われる女房の気持ち、考えたことあるのか？」

「それで、琴音の絵を描き変えたのか……」

「全部、鬼の顔にしてやった。この鬼はあてだっせ。あんたがあてをこんな風にしたのや」

古畑良次郎と幸助は顔を見合わせた。古畑が咳払《せきばら》いをして、

「なるほど、女房ならば鍵をいつでも持ち出せるわけだ。どうやらものすごくくだら

ぬことだったようだな。上御用《かみごよう》繁多《はんた》のみぎり、かかる馬鹿馬鹿しいことで町奉行所の手をわずらわすとはけしからぬ。以後、気をつけよ！」

怒鳴りつけられた成田屋は、

「ああ、もうじき琴音も客も来るのに……どないしよ」

おしまはあざ笑って、

「ええ気味や。この絵を見せて、大恥掻《か》いたらええわ」

幸助はため息をついて、

「もう俺には用はなかろう。帰らせてもらうぞ」

古畑もうなずいて、

「かまわぬ。あとは私が始末しておく」

幸助が店を出ると、だれかがすばやく看板の陰に隠れたのが見えた。

「やっと思い出したぞ」

幸助は看板越しに声をかけた。

「おまえは鶴見吉太郎《つるみきちたろう》だな、狩野先生のもとで短いあいだ修業をしていた……」

手代が現れ、頭を下げた。

「面目《めんぼく》次第もありません」

「横河原の絵を描き変えたのはおまえだな」

「はい……私が絵心があることを知ったご寮さんに頼まれまして……。こうなったら逃げも隠れもしません。お奉行所に突き出してください」

「そんなことをするつもりはない。よくやった、と褒めたいぐらいだ。俺も溜飲《りゅういん》が下がった。だが、なぜ商家の手代などしているのだ」

「絵師になろうとしたものの自分に才能がないことは葛さんや横河原さん、唐蝶さんたちの絵を見てすぐにわかりました。やむなく道を変え、大坂に出て、口入屋の仲介でこの店で働くことになりましたが、こうしてなんとか手代にまでなれたのです。それも皆、ご寮人が目をかけてくれたおかげですので、断り切れませんでした。でも、この店も主があんな具合でごたごたが絶えず、もう我々店のものもぎくしゃくとしていて、客も減り、そろそろ潮時かもしれない、とは思うております」

「そうか……」

「私はよく知りませんが、主も以前はまともな商人だったように聞いております。あの勧美堂という書画屋と知り合ったころから、おかしくなっていったとか……」

「ふーむ……ところでおまえが今名前を挙げた唐蝶……安居重道だが、今どこでなにをしておるか知らぬか」

「師匠を破門になったあとのことは詳しくわかりませぬ」

「え……破門になったのか？」

「はい……。重い病気の妹を抱《かか》えて兄妹ふたり暮らしのはずなので、私も気にはなっていたのですが……じつはついこの間、私が平野町の得意先に行く途中、唐蝶さんとそっくりのひとを見かけたのです。声をかけようかと思ったのですが、私も急いでいたのでそのままになってしまいました。絵の道具も持っていたし、あれはたしかに唐蝶さんだと思うのですが……」

「そうか……大坂にいるのか……」

「ここだけの話ですが、狩野先生に唐蝶さんを破門するよう仕向けたのは横河原さんですよ」

「なにい？」

「唐蝶さんの、どんな絵でも見たら即座にそっくりに描ける才をねたんで、師匠に『あの男は先生の贋作を作って売っている』と告げ口《つぐち》したのです。まことに唐蝶さんが偽ものを作っていたかどうかはわかりませぬ。師匠は、妹の薬代のためなら少々のことには目をつぶるつもりだったようですが、あまりに横河原さんがしつこいのでとうとう仕方なく破門にしたのです」

「そうであったか……」

幸助は暗澹《あんたん》たる思いだった。

◇

翌日の夕方、亀吉が筆の材料を持ってやってきたので、幸助はできあがった八枚の絵を見せた。

「うわあ……やっぱり先生、上手やなあ。この暴れ大根なんか迫力あるわ。ウナギウサギもええ感じだす。ははは……屁こき娘もおもろいなあ」

いっぱしに評を言う。

「けど、バッタ小僧と水撒き丁稚とムササビ丁稚の顔が、わてに似てまへんか？」

「さあ……気のせいだろう。今日は新しい物の怪の仕込みはないのか」

「おますおます。ええのを思いつきました」

亀吉は新たにセミ赤子（おぎゃーおぎゃーと鳴かずにみーんみーんと鳴いてうるさい）、イカ和尚（頭の形が三角の和尚で、怒ると口から墨を吹く）、雨降りガラス（みんなが楽しみにしている祭の日に現れ、大雨を降らせる）、イノシシ番頭（番頭に化

けたイノシシの妖怪。とくに神通力はないが、なにかというとつっかかってくる）

……という四匹の妖怪を追加した。

「俺としてはありがたいが、おまえ、こんなことばかりに気が行って、本当に叱られてないだろうな」

「たははは。それがその……昨日も仕事中にぼんやり物の怪のこと考えてたら番頭さんに、『おまえ、ぼーっとしてなにしとんねん。ちゃんと働かんかい！』て言われたんで、つい、『あっ、イノシシ番頭』て言うてしもて、『だれがイノシシや！　今度ぼーっとしてるの見つけたらお仕置きやで！』と叱られました。しばらくは来れんかもしれまへん」

「まあ、筆屋の仕事に障《さわ》りのないようにしてくれ」

「いや、わてはこっちが本職やと心得とります」

そう言って亀吉が帰っていったあと、幸助が早速「イノシシ番頭」の絵を描いているると、入れ替わるようにお福が現れた。手土産《てみやげ》に酒を三升ぶら下げている。成田屋での一連の出来事について幸助が話すと、

「なんちゅうこっちゃ！　精魂《せいこん》込めて描いた絵を目のまえで破られて、そのまま帰ってきたんかいな！」

「まあ、そういうことだ」

「お人よしもほどほどにせえ!」

「俺もさすがに腹は立ったが、理屈のうえでは、向こうは金を払って絵を買ったのだから、そのあと煮ようと焼こうと勝手、ということになる」

「ほな、最初《はな》から破るために絵を描かせた、ゆうことかいな。ほんま、ろくでもない連中やな。やることが下品や。そんなことに喜んどる琴音太夫も同類やな」

お福の怒りは収まりそうになかった。

「わたいはあれから勧美堂から借りた絵を破ってしもた、ていう連中がほかにもおらんか探したのやが、わかっただけでも三人おった。勧美堂の仲立ちで、成田屋房五郎が所有してる有名な絵を借りられることになったけど、それをうっかり破ってしもた、という筋書きまで三人とも一緒やった。皆、あちこちから金を借りたおして弁償したらしいけどな……」

「まだまだいるかもしれぬな」

「そのうえ、雪舟の幽霊画の本ものは京のあるお寺にあるらしい。森田屋の茂作が破ってしもた絵は真っ赤な偽ものということになる」

「しかし、目利きの茂作が本ものだと信じ込んだのだろう?」

「あんた、成田屋と会うてどう思た？　絵の道楽がありそうやったか？」

「俺の見たところでは、とくに絵に関心がありそうには思えなかったな。おのれの店の手代が元狩野派の絵師だということにも気づいていなかった。寮人のほうがずっと慧眼《けいがん》だ」

「とすると、貸し出す絵を本ものと信じさせるために名前を使わせとるのやな」

「たぶんな」

「あいつらが贋作を作ってわざと破らせて高い損料を巻き上げてる、というはっきりした証拠があれば、痛い目に遭わせることができるんやがなあ……。あんたの仇《かたき》も取れるし……」

「俺のことはもういい。気にするな」

お福旦那はしばらくなにかを考えていたが、

「よし……わかった」

お福がなにかを思いついた様子なので、

「なにがわかったのだ？」

「飲もか」

「はあ？」

「こういうときは飲むのが一番や。そんなイノシシの絵なんかほっとけ」

お福は湯呑みをふたつ、棚から出して床に置き、徳利《とっくり》から酒を注《そそ》いだ。

「おいおい、熟考《じゅっこう》して思いついたのがそれか。今はこの物の怪の絵が絵師としての俺の唯一の仕事だ。それに……物の怪の絵を描くのもなかなか面白いぞ」

「この、手足のあいだに膜の張った丁稚が空飛んでる絵はなんや？」

「それはムササビ丁稚だ。手代とか番頭の血を吸うらしいぞ」

「顔が亀吉そっくりやな。こっちの尻の穴がいっぱいある娘は？」

「屁こき娘。尻の穴が八つあって、のべつまくなしに屁をこくらしい」

「はっはっはっはっ……たしかに面白い。もしかしたら、この物の怪尽くし、売れるかもしれんなあ」

「いくらこどもが買ってくれても、売り上げは知れているだろう」

「いや、案外、おとなが買うのやないか。亀吉が考えたへんてこりんな妖怪を酒の肴にしながら、こうしてああだこうだしゃべるのは楽しいもんや。夏の夕涼みの縁台とか風呂屋の二階とか髪結い床とか……ひとが寄るところにそういう本があったら話のタネになるわ」

「そうなってくれれば生五郎も喜ぶだろう」

お福はぐいぐいと酒を飲み、いつもより早く出来上がってしまった。白粉《おしろい》を塗った顔を真っ赤にして、

「貧乏神……わたいはあんたの気持ちがわかるで。精魂込めて描いた絵を目のまえで破られて……どんなに腸《はらわた》が煮えくり返ってたか……それをぐっとこらえて帰ってきたのやな。えらい！　えらいぞ、貧乏神！　貧乏神万歳！」

大声で叫びながら幸助の背中をばしばし叩いた。それがお福なりのなぐさめかたなのだと思い、幸助が胸を熱くしたとき、薄い壁を隔てて右隣の家から、

「かっこん先生、やかましいで！　もうちょっと静かにしいや！」

とらという糊屋《のりや》の老婆である。ふたりは首をすくめた。お福が、

「わたい、思いついたことがあるのやがなあ……。まえに、鍾馗屋太郎衛門の話をしたやろ」

「ああ、生まれてから一度も怖いと思ったことがない男だな」

お福はうなずき、

「あのとき、絵でひとに怖い思いをさせられるやろか、てあんたにきいたら、挑んでみたい、て言うたのを覚えてるか」

「覚えているが……どういうことだ？」

お福はあることを幸助にささやいた。

「なるほど……こちらから誘いをかけるわけか」

「ええ考えやろ。あの胴欲《どうよく》な連中は引っかかるのやないか、と思うのや」

「この妖怪の絵はわざと怖さを控え、こどもでも笑えるように描いている。その気になればもっと怖い絵を描けるとは思う。だが、その鍾馗屋太郎衛門に『怖い』と言わせる自信はない」

「それはかまへんのや。要は、勧美堂がこの話に乗って、なにかしらボロを出してくれたらええのやさかい」

「俺も腕を試《ため》してみたい。やってみよう」

「よし、決まった」

ふたりはふたたび物の怪の絵を見てげらげら笑いながら酒を飲みはじめた。次第に声が大きくなっていき、お福が扇を開いて踊り出したあたりで、右側の壁がどんどんと叩かれ、

「かっこん先生！　うるさいて言うたやろ。寝られへんがな！」

幸助は、

「おとら、おまえもこっちに来て、一緒に飲まぬか」

ててや」

「え？　あてもお相伴《しょうばん》してええの？　それを早う言わんかいな。今行くさかい待っ

とらはすぐにやってきた。舌なめずりをしながら上がり込み、

「えーと、あての湯呑みはどれかいな……と。これにしとこ」

勝手に湯呑みを出して酒を注いだ。このあたりはお福と同じだ。湯呑みの縁ぎりぎりまで入った酒をじっと見て、

「ははは……ええ色してるわ。ひひひひひ……お酒大明神、ごぶさたしとりました。ほな、いただきます」

くーっ、とひと息で飲み干すと、

「あー、美味《おい》しい。酒というのはなんでこんなに美味しいのかいなあ。水なんぞなんぼ飲んだかて美味《うま》いこともなんともないけど、お酒ちゃんは美味しいわ。酒は水よりも濃し、ゆうのはほんまやなあ」

「それも言うなら『血は水よりも濃し』だろう」

「そやったか？　まあ、どうでもよろし。ひひひ……もう一杯」

とらは意地汚く立て続けに三杯を飲み干した。お福が、

「婆さん、それぐらいにしたらどうや。すきっ腹に飲むと回るで」

「アホやな。酒ゆうのは回るさかいええのや。酒は天下の回りもの、て言うやろ」

「それも言うなら『金は天下の回りもの』やろ」

「そやったか？　もう一杯」

とらはそのあともがぶがぶ飲んで、すっかり酔っ払ってしまった。今日は本腰を入れて酔うつもりで飲みはじめた幸助とお福はお株を奪われた形になった。

「あはははは……愉快《ゆかい》愉快。貧乏は愉快やなあ。そや、あての十八番《おはこ》、貧乏節を聞かせたろか」

「聞かせていらん」

「遠慮せんでええ。はあー、びんぼ、びんぼ、びんぼというけれど、びんぼ、びんぼのなにが悪い。好きでなったるわけやない。びんぼ、びんぼで夜が明けて、びんぼ、びんぼ、びんぼで日が沈む。あー、こりゃこりゃと」

とらは立ち上がり、白髪を振り乱して踊り始めた。両腕を奇怪に曲げ、両脚で床をどすどすと踏み、乱杭歯《らんぐいば》を剝き出しにして叫びながら部屋のなかをよたよたと動き回る。お福旦那が、

「ああ、もうめちゃくちゃな婆さんやなあ。床が抜けるで。貧乏神、ぼーっとしとらんとこのおばん、止めてくれ」

「ぼーっとしているわけではない。あまりに面白いので写生しておるのだ」

お福が幸助の手もとを見ると、紙にさらさらととら婆さんの絵を描いている。

「そんなもん、なににするのや」

「生五郎の妖怪画に使えるかもしれぬ」

お福が内心、

(襖絵を破られて意気消沈してるかと思たら、けっこう打たれ強いな。こういう前向きなところがわたいは好きなんや)

そう思ったところへ、よろけたとらが倒れかかってきた。

「うわあっ」

「ぶひゃあっ」

ふたりはもつれてその場に尻もちをついたが、とらはまだ、

「びんぼ、びんぼで夜が明けて……」

と歌い続けている。

◇

「えらいことになってしもたわ」

成田屋の奥の一室で、房五郎と勧美堂が顔を突き合わせてひそひそしゃべっている。

「あれ以来、嫁はんはカンカンになって、もうあんたにはお店のお金は一切触らせしまへん、わてがすべて取り仕切ります、て言い出しよった」

「そんなもん、『ここはわての店や。おまえは口出しするな。わてのやりたいようにやるのや』て、バーン！　と言うたりなはれ」

「わて、養子やさかい、そんなこと言うたらえらいことになるのや」

「あんた、養子のくせに『琴音の間』作ったりしてましたんか。ようやりますなあ」

「あいつもこれまでは黙認《もくにん》してくれとったけど、もうあかんわ」

「琴音太夫ともしばらくは会えまへんな。少しほとぼりを冷ましなはれ」

「ところがそうはいかんのや。今度、琴音を身請《みう》けすることになってな……」

「えっ？　とうとう落籍《らくせき》だすか」

「そや。琴音が、旦さん、そろそろ新町を出とおます、て言い出したさかい、ああ、よしよし、と……」

「琴音太夫はまだまだ年季が残ってますやろ。それに太夫だすさかいな、身代《みのしろ》と借銭合わせたら一本はかかりますやろ」

一本というのは千両ということだ。

「一本ではすまんがな。最後の総仕舞《そうじまい》の揚げ代を払わなあかんし、置屋の主、朋輩、幇間《たいこ》、若いもん、遣《や》り手《て》にまで祝儀を出さなあかん。引き出ものや配りものも豪華にせなあかん。なんじゃかんじゃで二本はいるやろ」

「うわあ……そら、たいへんや」

「それだけやないのや。家には置かれへんさかい、妾宅《しょうたく》を構えなあかん」

「そんなもん、鰻谷《うなぎだに》あたりの長屋に、店賃《たなちん》の安い空《あ》き家《や》がなんぼでもおますやろ」

「ところが、琴音がな、借家は嫌や、と言うのや。小そうてもええさかい、浮世小路《うきよしょうじ》あたりに洒落た一軒屋を新しく建ててほしい、て言い出したさかい、ああ、よしよし、と……」

「ほな、都合三本ゆうことだすか」

「そやねん。物入りやねん。けど、金はうちのやつがぎゅーっと握っとるさかいなあ……。また、例の手で絵道楽のやつらをなんにんかだまして、損料取ろやないか」

「そうだすなあ。うちの客で引っ掛かりそうなアホはもういてまへんわ。新しいカモを見つけんと……」

「そうか、おらんか……。なんとかして金を作らんと、琴音にふられてしまうがな。

じつはもう、浮世小路に地所見つけて、持ち主に手付け渡して、大工が造作《ぞうさく》にかかっとるのや」

そう言って房五郎がため息をついたとき、

「すんまへん、旦さん、よろしいか」

女子衆のひとりが廊下から声をかけた。

「お仲《なか》か、なんや？」

「今、店にお福さんとかいうどこかの大店の主さんのようなかたが来られてまして、旦さんにお目にかかりたいと……。あの……顔を白塗りにしてはって、どこのお店のおかたかきいても言うてくれまへんのや。どないしましょか」

「お福……白塗り……もしかしたら派手な遊びで有名な福の神のお大尽かもしれん。ご用事はなにかおききしたのか？」

「へえ……なんでも雪舟の幽霊画を見たい、とか……」

房五郎と栗十郎は顔を見合わせた。

「急に押しかけてえらいすんまへん。わたいはいろいろ理由《わけ》ありで隠れ遊びをせなあかん都合がおまして、あっちゃこっちゃの色里で福の神と名乗っとるものでおます。どうぞお見知りおきくだされ」

女子衆の案内で奥に通されたお福がそう言って挨拶すると房五郎は、

「廓に出入りするもんでお福旦那の威名《いめい》を知らんものはおりまへん。よう来てくださった」

「ちぃと事情がおましてな、こちらの主さんが雪舟の幽霊画をお持ちやと聞きまして、お借りできんもんかと思うて参上いたしました」

「ああ……あれだすか。あれはなあ……」

房五郎は栗十郎をちらと見た。栗十郎はあわてて、

「わては書画屋の勧美堂栗十郎というもんだす。あの絵は今、あるひとに貸しとりまして手もとにおまへんのや。けど、じきに返してもらえることになっとりますさかい、それからでもよろしいか」

「さよか……。ちょっとそれでは間に合わんかもしらんなあ」

「どういうことだす。ご事情だけでもうかがわしてもらえまへんやろか」

「じつは、わたいの知り合いに順慶町の生糸問屋の主さんで鍾馗屋太郎衛門というおかたがおられますのやが、生まれてから一度も『怖い』と思うたことがない。みんなが怖い怖い言うて喜んでるのを見てると、えらい損したような気になってくる。一度でええから心底『怖い』と思うてみたい……こうおっしゃいますのや。それで、自分

を怖がらせることができたら三千両出そやないか、と言い出さはりましてな……」

「三千両……！」

栗十郎と房五郎は同時に叫んだ。栗十郎が、

「太っ腹なおかただすなあ」

お福はうなずいて、

「怖がりたい一心だすのやろな。けど、これまでに怪談噺《かいだんばなし》の名人の落語も聞かせた、幽霊の出てくる怖いお芝居も見せた、夜中に山のなかや墓場にも連れていった……もう種切れだすのや。それで今度は、怖い絵を見せることになりましたのや」

栗十郎が、

「ほほう、それは耳よりだすな」

「新町の茶屋の座敷を借り切って、絵師にその場で席画を描かせてな、鍾馗屋さんが『怖い！』と言うたら三千両だすわ。わたいも欲とふたり連れで、懇意にしとる絵描きにできるだけ怖そうな絵を描かせようと思うたのやが、なかなかええ案が浮かばん。そんなときにあるおひとから、こちらの主さんのところに雪舟の幽霊画がある、とお聞きしまして、お借りしてお手本にさせてもらおうと思いましたのやが、あてが外れました」

栗十郎が、

「いやいや、絵はすぐに戻ってきます。その席画を描く会はいつありますのや」

「三日後だす」

「三日後……！」

「さすがに無理だすやろ。ほんまは今晩にでもお借りしたいと思うとりましたのやが……」

「わかりました。明日の昼過ぎまでにはなんとかしまっさ。それで、お福さんの懇意にしておられる絵師というのは……？」

「知ってはるかなあ……。葛鯤堂の葛幸助ゆう先生だす。妖怪の絵についてはなかなかの権威《けんい》だっせ」

栗十郎は笑いを嚙み殺して、

「そうだすか。とにかく雪舟はかならず明日の昼には支度しときますさかい、ここまで取りにきてくなはるか」

「承知いたしました」

「それと……かたがた言うときますけど、けっして粗略《そりゃく》に扱わんようにお願いします。染みをつけたり、破いたりしたらそれなりの損料をちょうだいしまっせ。もともと値段のつけられんぐらいの貴重な絵だすさかいな」

「わかっとります。ほな、わたいはこれで……」

立ち上がろうとしたお福に栗十郎が、

「書画屋としての興味からおうかがいしますのやが、その怖い絵を描く会にはだれでも加われますのか」

「参加料が一両かかりますさかい、だれでもかれでもというわけにはいきまへんやろなあ。なんせ相手は生まれてから一遍も怖がったことのない御仁だっせ。よほど腕に覚えのある絵描きでないと……」

「一両取られてしまう、というわけだすか。それやったらぜひとも雪舟の幽霊、ご覧になっとくなはれ」

「おおきに。ほな、明日また参ります」

そう言うとお福旦那はあわただしい足取りで帰っていった。残ったふたりは大笑いした。栗十郎が、

「探さんでも向こうからカモがネギ背負って飛び込んできよりましたなあ。ありがたいことや」

房五郎も、

「これで千両はもぎとれるな。——それにしても、鍾馗屋さんというのは金持ちやなあ。怖がらせたら三千両とは驚いたで」

「描くのが葛鯤堂というのがまたなんとも……わてはあのおかたの物の怪の絵を見たことおますけど、化けナスビとか松ぼっくりのお化けとか……。こどもでも怖がりまへんわ。参加料をドブに捨てるようなもんや」

「なんでまた、あんな下手な絵描きに頼んだのやろな」

「画料が安いからとちがいますか。——ほな、わては今から唐蝶のところへ行って、すぐに雪舟の幽霊を描くように尻叩きますわ。明日までに仕上げなあかんのやから、大急ぎでやらさんと間に合わん」

「ひと晩で描けるやろか」

「まえに一遍描いてますさかいなんとかなりますやろ。一度見た絵は忘れん、というのがあいつの取り柄《とりえ》だす。徹夜で描かせますわ」

「頼むで」

栗十郎はほくほく顔で成田屋を出ると、平野町へと向かった。裏長屋がごちゃごちゃと入り組んだ一角に入り込むと、

「唐蝶さん、いてなはるか。わてや」

「どちらさま？」

「声でわからんか。勧美堂や」

心張棒《しんばりぼう》を外す音がして、顔色の悪い若者が顔を出した。

「なんでしょうか。今ちょっと取り込んでおりまして……」

栗十郎は若者を肩で押しのけるようにして強引になかに入った。

「あんたの取り込みごとなんぞどうでもええ。早幕で、また絵を一枚仕上げてもらいたい。えらい急いでてな、明日の朝までに描いてほしいのや」

「それは無理です。取り込みごとというのが、妹の……きねの具合が昨日から悪くなりまして、熱が下がらぬのです。お医者さまの診立《みた》てでは、このままだと危ない、明日が峠だ、と……。私は一晩中きねを看病しなければなりません。絵なんか描いてる場合ではないのです」

「アホ！　病人なんかほっとけ。とにかく明日までに描いてもらわな困るのや。まえにも一遍描いたやろ。雪舟の幽霊の絵や。あれをもう一枚こさえてほしい」

唐蝶はその場に両手を突いて、

「もう勘弁してください！」

「なにをや」

「偽もの作りです。私にはこれ以上耐えられません。ひとを不幸にするような絵を描くのは嫌です」

「ははは……今頃なにを言うとるのや。あんたにはひと目見ただけで本ものそっくりの絵を描ける才がある。けど、自分の絵を描く才はない。贋作を描き続けるしかないやないか」

「ひとをだましてお金を取ることに加担するのが嫌になったのです」

「加担やと？　唐蝶さん、あんたはもうわてらと一蓮托生《いちれんたくしょう》や。どっぷりと悪事の沼に首まで浸《つ》かってるのやで」

「そんな……私は手伝わされただけで……」

「あのなあ、偽ものを作ってるのはあんたやで。わてらこそあんたの手伝いをしとるようなもんや。これまでにあんたがやってきたことがお役人にバレたら、まず島送りは免れんやろな。そうなったら、この妹の面倒はだれがみる？　黙ってわての言うとおりにしといたほうがええのとちがうか」

「今夜だけは堪忍《かんにん》してください。きねの看病を……」

勧美堂は唐蝶の頰を平手で叩いた。

「甘ったれるんやないで！　明日の朝までに仕上げてや。取りにくるさかいな。そのときできあがってなかったらあんたの妹がどうなるか……」

言い捨てて、栗十郎は帰っていった。唐蝶はしばらく肩を落としてじっとしていたが、やがて涙を拭くと、紙を広げた。

（そうか……ここで贋作を描かせてたのやな……）

一部始終を近くの木の陰で聞いていたお福旦那はひとりうなずくと、その場を離れた。

◇

その日の真夜中、唐蝶は蠟燭《ろうそく》の灯りを頼りに必死になって絵を描いていた。もとの絵は細部まで頭のなかに入っている。あとはそれを紙に移し替えるだけだ。幼いころから、一度見た絵はぜったいに忘れることはなかった。まわりがちやほやするのでいい気になり、狩野慈五郎の内弟子となった。さまざまな技法を学ぶことによって、ますます模写の腕に磨きがかかった。しかし、いざ自分の絵を描こうとすると、まるでなにも出てこないのだ。彼にできることは模写だけだった。やがて両親が相次いで亡くなり、病がちな妹を抱《かか》えて、彼はとうとう贋作作りに手を染めた。最初は師匠の絵の贋作を描いた。落款《らっかん》なども偽造して本物そっくりに調《ととの》えた。暮らしのためだったが、ある日、師匠に見つかってしまった。しかし、狩野慈五郎は笑って許してくれた。

「わしの絵の贋作が売れるなら、いくらでも描いてよいぞ」

とまで言ってくれたのだ。だが、ある日、呼び出されて、

「横河原が、おまえがわしの絵のまがいものを描いて売っている、と言い触らしておるらしい。すまぬが一旦破門にする。また、そのうち解いてやるからくさらずにその日を待て。つまらぬことを考えるなよ。よいな」

こうして唐蝶は師のもとを離れた。しかたなく大坂に出て、さまざまな絵を描いた。だれかの絵をそっくり真似したものだが、「唐蝶による模写」という文言を絵に書き入れるようにしていた。ある日、その絵を扱ってくれていた書画屋のひとりである勧美堂栗十郎に贋作の話を持ちかけられた。はじめは断っていたが、妹の薬代の支払いがかさみ、とうとう引き受けることにした。

「わてが聞いたところでは、狩野派には『絵に触った途端破れる細工』ゆう裏秘伝があるそうだすな。あんたもそれできまんのか？」

と言われ、つい「できる」と答えてしまった。狩野慈五郎は、自分の絵が描けぬ唐蝶を不憫《ふびん》に思ったらしく、ほかのものには伝えなかったさまざまな秘伝を教えてくれ

た。そのうちのひとつが裏秘伝で、栗十郎はできあがった贋作にその細工をすることを強要してきた。唐蝶は絵の裏の紙を剝がして薄くしておき、表側からは色を塗り重ねてわからないようにする。そこに髪の毛のように細い針で目に見えない目打ちを入れておく。この目打ちの開け方が秘伝である。こうしておけば、縦にはいくら引っ張ってもどうもないが、ちょっとでも横向けに力が加わると、一瞬でぴりぴりぴりっ……と裂けてしまう。その目打ちを開けたとき、唐蝶は『闇の側』に堕ちたのである。

すぐ横では煎餅《せんべい》布団のうえで妹のきねが苦しそうに呻《うめ》いている。額には汗の玉が浮かんでいる。唐蝶は時折絵筆を止め、きねの身体をよく絞った手ぬぐいで拭いてやる。

（きね、もう少し辛抱《しんぼう》してくれ。これを描き終えたらすぐに看病に戻るからな……）

そう思いながらふたたび作画に戻る。何度かそんなことを繰り返したとき、

「夜分にすまぬ。唐蝶先生はご在宅かな」

表から声がした。

「忙しいのです。明日にしてください」

「勧美堂から参ったものだ」

「え……？」

催促《さいそく》でもなかろうに、と怪訝《けげん》に思いながら唐蝶が心張を外すと、入ってきたのは、

「葛さん……！」

逃げようとする唐蝶を幸助は取り押さえ、

「久しぶりだな、唐蝶」

「どうしてここに……」

「俺の知り合いが、勧美堂のあとをつけて、ここにおまえが住んでいることをつきとめ、俺に知らせてくれたのだ」

「そうでしたか……」

幸助は、唐蝶が描いていた絵をちらと見て、

「雪舟か……。あいかわらず上手いものだ。やはり、一連の贋作はおまえが手掛けていたのだな」

「兄さん、面目ない……」

「俺に謝っても仕方がない。謝るのなら、おまえが騙りの片棒を担いだことでひどい目に遭ったものたちに謝るのだな」

「…………」

「唐蝶、もうこんなことはやめろ。これまでに犯したことを町奉行所に告白し、裁きを受けて、罪を償《つぐな》うのだ」

「でも……妹が……」

「俺が……俺たちがなんとかする。勧美堂にだまされたものたちは多額の損料を払わされたが、それではすまぬものもいた。頼重屋の万次郎という男は切り取り強盗を働こうとしたし、森田屋の茂作という男は首をくくったのだ」

「――えっ！」

唐蝶は蒼白《そうはく》になった。

「知りませんでした……」

「おまえが描いているその雪舟の贋作は、鍾馗屋太郎衛門という生糸問屋の主が、一度でいいから心底怖がってみたい、という思いから催す席画の会がらみで使われることになっている。またしても勧美堂は莫大《ばくだい》な損料を取るつもりだぞ。やつらの悪事を断ち切れるのはおまえだけだ」

唐蝶はしばらく無言でいたが、やがて顔を上げ、

「兄さん……本当にきねの面倒を見てくださいますか」

幸助がうなずき、

「おまえの妹なら俺の妹も同然だ。俺も貧乏だが、金が入ったときには薬代も多少は足してやる。金持ちの友だちもいるから、その男から金を借りることもできる。とに

かくまともな道に戻るのだ」

「わかりました。勧美堂さんが来たら、今後の仕事はすべてお断りする、と申し上げます。そして、会所《かいしょ》に出向きます」

会所には町代《ちょうだい》が常駐しており、そこに出頭すれば、報《しら》せを受けた町奉行所の同心が駆けつけ、吟味《ぎんみ》が行われるはずだ。

「それでこそ俺の弟弟子だ。おまえは偽ものを作るたびに勧美堂からいくらもらっていた？」

「銀二朱です」

「そりゃひどい。あいつらは損料として五百両だの千両だのをぶったくっていたのだぞ。だが、かえってよかったかもしれぬ。十両盗めば首が飛ぶが、おまえの罪は軽いはずだ。いずれ放免されるだろう。そのあとは、贋作など作らなくても、おまえほどの絵の腕があればなんとか食うていけると思う。俺も、絵の仕事などほとんどない。筆づくりの内職と、ときどき来る瓦版の挿し絵で食いつないでいるのだ。筆づくりの仕事ならおまえにも紹介できる。――少ないがこれは当座の金だ。薬代の足しにしてくれ」

そう言うと幸助は、お福旦那から借りた一両分の銀をその場に置いた。

「ありがとうございます。恩に来ます」

唐蝶はぼろぼろ涙を流し、

「ああ……もっと早く兄さんに相談すればよかった。よろしくお願いします」

「任せておけ」

幸助は薄い胸を叩いた。

◇

「雪舟の絵ができあがってない、とはどういうことや！」

翌朝、安居唐蝶のところにやってきた栗十郎は、長屋の壁が震えるほどの大声を出した。

「贋作作りを辞めることにしたのです」

「勝手なこと抜かすな。うちはあれが今日の昼までにないと困るのや」

「でも、もう描かないと決めたのです。絵を描き終わったとき、絵の具が手についているので井戸端で手を洗います。そうするときれいになります。でも、勧美堂さんのお仕事をしたあとは洗っても洗っても手がきれいになりません。それどころかどんどん汚れていくような気がするのです」

「わけのわからんことを……頭がおかしいなったのとちがうか。もうじきカモが雪舟を借りにきよる。早う描け。描かんかい！」

唐蝶はかぶりを振った。

「嫌です」

栗十郎は表に向かって「入ってこい」という仕草をした。しかし、だれも入ってこない。何度か同じ仕草を繰り返したあと、業《ごう》を煮やした栗十郎は、

「おい、信八《しんぱち》！」

「へえ……なんでおます？」

間の抜けた返事が聞こえた。

「さっきから呼んどるやろ！」

「そうだすか。気ぃつきまへんでした」

入ってきたのは格子柄の着物を尻からげし、毛むくじゃらの脛《すね》を剝き出しにして、腰にドスをぶちこんだ、いかにもならず者風の男だった。

「こいつをどつけ」

「うほっ？　どついてもよろしいのか」

そう言うと男は唐蝶の顔面を拳《こぶし》で殴った。しかも、何発も何発も……。しかし、唐蝶は殴られるまま身じろぎもしなかった。

「こ、こら……一発だけでええのや。そないに何発もどついたら死んでしまうがな」

「一発だけでおましたか。こら失礼」

「おまえはほんまに『察する』ということができんな」

栗十郎は唐蝶に向き直ると、

「この男は『猫またぎの信八』というて、このあたりではちょっと知られた嫌われもんや。金さえ出したらひと殺しでも平気でやる男やで」

信八はうれしそうに、

「そうそう、嫌われもんや。それは間違いないわ」

「これ以上どつかれとうなかったら、とっとと雪舟を描け」

唐蝶は、

「私の描いた絵を破ったせいで、首を吊ったかたがいらっしゃるそうですね。まるで知りませんでした。私はひと殺しです。だから手がきれいにならないのです」

「おまえ……そんな話、どこで聞いたのや」

唐蝶は答えず、

「いつまでそこにおられても、私は雪舟の贋作を描くつもりはありません。どうかお帰りください。そして、もう二度とここに来ないでください。お願いします」

「妹がどうなってもええのか」

「妹の薬代を、と思って私は悪事に手を染めてきました。ですが、なんとか助けてくださりそうなかたが見つかりました。これからはたとえ細々でも、きれいなお金を稼いでいくつもりです」

栗十郎は猫またぎの信八に、

「おい……」

と言った。信八は、

「なんだす？」

栗十郎はため息をつき、

「わからんやつやなあ。わてが『おい』と言うたら、こいつをどつくのや」

「そんな取り決めしとりまへんがな」

「しとらんけど……察せえ！　この場の雰囲気を読んだらわかるやろ」

「雰囲気を読む……？　どういうことだす」

「もうええ。——どつけ」

「へえ」

信八はまた唐蝶を殴った。栗十郎は、

「あのな、わてのことをただの書画屋やと思うなよ。信八におまえを殺させることぐらいなんでもないのやで」

「いくら脅されても、もう私の心は固まっているのです」

「脅しやないぞ。わてはやると言うたらやる男や」

しかし、唐蝶はキッとした表情で栗十郎を見つめている。それから半刻ほど栗十郎は唐蝶をなだめたり、殴ったり……を繰り返したが、唐蝶は絵を描こうとしなかった。

栗十郎は舌打ちをして、

「あかん。もうあの男が来る時分や。去《い》なな……」

そう言って立ち上がり、唐蝶をにらみつけると、

「ええか。また来るからな。覚悟しとけよ。——信八、行くで」

「行くで、てどこに行きまんのや」

「帰るのや！　わかるやろ！」

「いや、行く、ていうからどこ行くんのかと思て……」

「ああ、おまえとしゃべってたらイライラしてくるわ」

ふたりはあたふたと出ていった。緊張が解けた唐蝶はその場に崩れ落ちた。

◇

雪舟の絵を受け取りに来たお福旦那に、勧美堂栗十郎と成田屋房五郎は絵の修繕が間に合わなかった旨《むね》を説明した。お福は、

「ははは……そうだしたか。そら、しゃあない。あきらめますわ」

栗十郎が、

「せっかくご足労いただいたのにお役に立てず、すんまへんでした」

「まあよろし。――葛鯤堂さんにはほかの幽霊画を見せますわ。けど、おかしいなあ……」

「なにがだす?」

「あのあと新地で佐世保屋さんという米問屋の主さんにばったり会いまして、そのおかたに聞きましたのやが、雪舟の幽霊の絵は京の長杖寺ゆうところにあるそうだっせ。成田屋さんのお持ちのものは、失礼だすけど、偽ものやおまへんか? 近頃、大坂にいろいろな絵師の贋作が出回っとる、という噂がわたいの耳にも入っとりますのや」

栗十郎が、

「失敬な。わては書画屋だっせ。真贋《しんがん》見極める目はちゃんと持ってるつもりだす。それでのうては、成田屋さんに出入り叶《かな》いまへん。その京都のお寺のほうが贋作だすやろ。坊主には絵の善《よ》し悪《あ》しなんぞわからんさかい……あんたもええ加減なこと言わんほうがよろしいで」

「そうだすか。わたいは親切のつもりで言うたげたのやがなあ。――ほな、さいなら」

お福が帰ったあと、栗十郎が言った。

「困りましたなあ。せっかくええカモが飛び込んできたと思たのに……」

「琴音の身請けと妾宅、どないするのや」

栗十郎はしばらく考え込んでいたが、

「そや……その鍾馗屋の怖い絵の会にわてらも加わりまひょいな。怖い、と一言言わせたら三千両だっせ。損料よりもよほど稼げます」

「せやけど、だれに描かすのや。唐蝶はあかんやろ？」

「そもそもあいつはひと真似しかでけん男で、席画みたいにひとまえで即席に描くことはようしまへん」

「ほな、だれが……」

「横河原先生だす。あのおかたなら……」

「怖い絵も描きはるやろか」

「少なくとも、葛鯤堂さんよりはずっと達者だっしゃろ。やってみる値打ちはおまっせ」

「葛鯤堂より上手でも、鍾馗屋を怖がらせられんかったらなんにもならんのやで」

「そこで、こういうのはどうだすやろ」

栗十郎はおのれの企《たくら》みを房五郎に告げた。

「うーん……いけるかもわからんな。相手は葛鯤堂やし、やってみよか。しくじっても一両損するだけや。けど、横河原先生がなんぼ欲しがるか、や」

「さあ……十両か、二十両か……それぐらいは払わなあかんやろな」

「よろしいがな。首尾ようたいったら三千両だす。濡れ手で粟《あわ》や」

こうして悪い相談はすぐにまとまり、栗十郎はさっそく横河原白海のところに赴《おもむ》いた。

「というわけだす。急な話でおますけど、お願いできますやろか」

「ふむ……相手が葛幸助ならば負ける気遣いはない。手を貸してやってもよいが、わしも身を切ることになるわけだから、薬代と合わせて百両もらいたい」

「百両?　それは胴欲やおまへんか」

「なにを申す。どちらが胴欲だ。おまえたちは三千両を手にするのであろう。百両など安いものではないか」

「それは上手くいったら、の話だっせ。あかんかっても先生は百両持っていきなはりますやろ」

「画料ゆえ当然だ。嫌ならほかの絵師に頼め」

「うーん……わかりました。先生にお願いします」

「ふふふふ……百両は前金だぞ。上手くいけば色をつけてもらいたいぐらいだ」

そう言って横河原は右手を出した。勧美堂は憮然として、

「今はそんな大金持ち合わせてまへん。明日でよろしいやろ」

「絵を描くまえにもらいたい。あとで『払えぬ』と言われたくないからな」

「そんなこと申しません」

「それと、わしからひとつ忠告がある」

「なんだす?」

「安居……唐蝶のことだ。あの男はいろいろ知りすぎておる。仕事を断ってきた、と

いうなら、このあとなにをするかわからぬぞ。町奉行所に駆け込むかもしれぬ。口を封じておいたほうがよいのではないか」

「ははあ……それはそうだすなあ。もったいない腕前やけど、こうなったらしゃあない。知り合いのヤクザに始末させますわ。けど、先生……あいつの兄弟子だっしゃろ？　冷たいのとちがいますか」

「兄も弟もない。たまたま同じ時期に同じ師匠に仕えていた、というだけだ。唐蝶も、葛幸助もな」

そう言って横河原は遠い昔を見るような目になった。

◇

そして、翌日になった。お福旦那は幸助の家に迎えにきた。

「鍾馗屋さんに聞いたら、成田屋が参加したいと言うてきたらしい。たぶんわたいに雪舟を貸してカモにするつもりが当てが外れたさかい、そちらに舵《かじ》を切り替えよったのやろ」

「絵師はだれだ」

「横河原白海や」

「やはりそうか。唐蝶が、会所に行ってあらいざらい話す、と言ってくれたので、俺は鍾馗屋の会に出ずともよいはずだ。あの男と席を並べて絵を描くのは気が進まぬ」

「あいつら、唐蝶が町奉行所に行ったと気づいて逃げようとするかもしれんさかい、あんたもいたほうがええ。あんた、絵の力で鍾馗屋さんを怖がらせてみたい、て言うとったやないか」

「それはそうだが……」

「たぶん、あんたを見くびっとる横河原は、あんたになら勝てる、と思うて参加を決めたはずや。ぎょふん、と言わしたれ」

「そうなると俺が賞金をもらうことになるぞ」

「ははは……鍾馗屋さんが出すのは三百両。残りの二千七百両はわたいが見せかけで出したのや。あんたには三百両しかあげへんで」

「わかっておる。だが、ほかのものが勝ったらどうする？」

「そのときはしゃあない。二千七百両上乗せするがな」

「扱いが公平ではないぞ」

「あんたの参加料の一両もわたいが出しとるんやで。——それで、なんの絵を描くつもりや?」

「まだ決めておらぬ。その場で考えるつもりだ」

そう言うと、幸助はため息をついた。

「なんや? そんなに横河原いうやつと同席するのが嫌なんか?」

「いや……今頃、唐蝶が会所に行っておる時分だと思うと、気が気でないのだ。俺がついていければよかったのだが……」

「会所の仮牢に入れられてるかもなあ」

「ありうることだ。近所のものに、妹の看病を頼んでいく、とは言うておったが……」

「その妹さんのことやけど、わての知り合いの医者を紹介したげるわ。なかなかの名医やさかい、なんとかしてくれると思うで」

「ありがたい。唐蝶も喜ぶだろう。吟味がひととおり終わったら、会所守《もり》に頼んでここに手紙を寄越せ、と申しておいたゆえ、新町に出かけるのはそれに目を通してからにしたい」

しかし、手紙は来ぬまま、夕刻になった。

「そろそろ行かなあかんで」

お福がうながすと幸助もやむなくうなずき、隣のとらに、

「出かけてくる。今夜は遅くなる」

そう声をかけたが、返ってきたのはいびきだった。ふたりは苦笑して、新町へと向かった。

新町の揚屋「八奈岐屋」は鍾馗屋太郎衛門の貸し切りになっていた。柱を背にして太郎衛門が座り、芸子、舞妓をはべらせてちびちびと酒を飲んでいる。そのまえには三千両の入った木箱がこれ見よがしに積み上げてある。かたわらに幇間よろしく控えているのは髪結いの玄助である。彼らと向き合うようにして、六人の男たちが座っている。彼らは皆、絵師である。彼らのまえにはそれぞれ大きな紙と絵筆や顔料などが置かれている。少し離れた壁際に後見としてお福旦那や成田屋房五郎たちが座している。みずからの身請けに関わることだからだろう、琴音太夫の姿もあった。

鍾馗屋太郎衛門の合図を受けて玄助が、

「ほな、時刻も来たようでおますさかい、そろそろやりまひょか」

そう言うと立ち上がり、

「えー、本日はお日柄もよろしく……」

太郎衛門が、

「アホ。今から怖い思いをしよか、というときに『お日柄もよろしく』はないやろ」

「すんまへん、やり直します。えー、この会は鍾馗屋の旦さんの思いつきで、旦さんに『怖い』と言わせる絵を描いたおかたに三千両という豪儀な催しでおます。ご参加いただく絵描きさんは、山端大玉《やまはなたいぎょく》殿、高麗堂北池《こうらいどうほくち》殿、江川涯村《えがわがいそん》殿、縄田梁斎《なわたりょうさい》殿、葛鯤堂幸助殿、横河原白海殿の六人でございます。六人さんからは参加料の一両をちょうだいしております」

皆は軽く頭を下げた。幸助は内心、

（どいつもこいつも「金が欲しい」という気持ちが顔に現れておる。俺もそうかも知れぬがな……）

そして、自分の顔を右手でつるりと撫でた。玄助は続けて、

「あらかじめ描いてきた絵はダメです。この場での席画でお願いします。色を塗る塗らんはどちらでもよろしい。描く時間は一刻。わてがこの鉦《かね》をチンと鳴らしたらはじめていただき、もう一度チンと鳴らしたらそこまでだす。そのあとはひとつずつ鍾馗屋の旦さんに検分していただき、『怖い』と思った絵を上げてもらいます」

太郎衛門が、

「わての道楽に付き合うていただいてえらいすんまへんな。けど、わても一遍《いっぺん》でええ

から皆さんが日頃感じてる『怖い思い』というやつをしてみたいんだす。それと、これは絵に優劣をつけて勝ち負けを決めるもんやおまへん。あくまでわてが『怖い』と思うかどうかだす。せやから、結局どれも落選ということもおますさかい、よろしゅうお願いします」

そう言うと、玄助に向かって、

「はじめてくれ」

玄助は手にした鉦を小さな撞木《しゅもく》で叩いた。それをきっかけに絵師たちは絵筆を取り、猛然として紙に向かった。しかし、幸助だけは腕組みをして彼らの描く様子を呑気に見つめている。雰囲気を出すために、灯りは蠟燭二本だけだ。絵を描くには手もとが暗いがそういう趣向だから辛抱するしかない。座敷は全体に薄暗く、皆の絵が次第にできあがっていくにつれ、参加者たちのあいだに妖気のようなものが漂いはじめた。

太郎衛門に酒を注いでいた芸子が、

「旦さん、なんや寒いことおまへんか」

「そうか？　わて、なんともないで」

「そうだすか。わたいさっきからなんや背筋がぞわぞわして……」

絵師たちが描いているのは、昔ながらの幽霊画あり、奇抜な妖怪画あり、血みどろの無残絵あり……とさまざまに工夫を凝らしたものばかりで、三千両欲しさが絵全体からあふれていた。幸助も太い筆を取って、紙いっぱいになにやら描きはじめた。一時《いっとき》座敷のなかはほぼ無音であった。絵師たちも見ているものもなにもしゃべらず、ときおり盃《さかずき》を口に運ぶ音が聞こえるだけだった。

緊張が高まっていくなか、いきなり襖が開いた。皆がそちらを見た。幸助は思わず「あっ」と叫んだ。入ってきたのは安居唐蝶だった。顔が紫色に腫《は》れ上がっている。

「唐蝶、おまえ……」

と言ったのは栗十郎だったが、唐蝶はなにも聞こえていないかのようにすたすたと鍾馗屋太郎衛門のまえまで行くと、銀一両分を畳のうえに置き、

「私も加わってよろしいでしょうか」

気を飲まれたように太郎衛門は無言でうなずいた。唐蝶はいちばん端に座を占めると、紙をみずから取り出し、すぐに絵筆を動かしはじめた。勧美堂栗十郎が、

「どういうことや……猫またぎのやつ、しくじりよったか」

とつぶやいたあと、歯ぎしりをしながら唐蝶をにらみつけている。横河原が鼻で笑って、

「ふん……どうせだれかの模写であろう。おのれの絵というものの持ち合わせのない

やつだからな……」

　幸助は、

（会所には行ったのだろうか。それともやめたのか……。仮牢に入れられるかと思うたが、なにゆえここにいる……？）

　唐蝶に話しかけたかったが、今は自分の絵を仕上げねばならない。とりあえず目のまえの絵に集中するしかなかった。

　やがて、玄助が鉦を鳴らした。七人の絵師は筆を置いた。鍾馗屋太郎衛門は
「ほな、僭越《せんえつ》ながら検分させていただきます。え一と……山端大玉先生の絵は……瘦せこけた幽霊が赤ん坊を齧ってるところだすな」

　芸子たちは顔をしかめ、

「怖いわあ」

「今晩寝られへんのとちがうやろか」

　などと言い合っているが、太郎衛門は苦笑いをしながら、

「これと似たような趣向の絵はこの玄助に何十枚も見せられましたのやが、わてはこういうもんはまるで怖いことおまへんのや。すんまへん。落選ということで……」

　山端大玉はがっくりと肩を落とした。

「つぎは……高麗堂北池先生だすか。タコの胴体にコウモリの羽が生えとる。西洋のお化けだすかいなあ」

玄助が、

「気色《きしょく》悪い絵やなあ。ようこんなもん描くわ」

しかし、太郎衛門は
「はははは……こらおもろい。枕の下に入れたらええ夢見そうや」

そう言って笑い出してしまった。

「江川涯村先生は……血の池地獄やな。逆さ吊りにした女を何匹もの鬼が寄ってたかって金棒で叩いとる。無残絵というやつだすな。けどなあ……わて信心深いことおまへんのや。こういうのを見ても、痛そうやなあ、とは思うけど、怖いとは思いまへん。残念だした」

江川涯村は拳でおのれの膝を叩いて悔しがった。

「縄田梁斎先生は……なるほど、真ん中で磔《はりつけ》になってるのはわてだすか？　玄助、見てみ」

玄助が、

「ははあ……これは旦さんそっくりや」

「なるほど、考えなはったなあ。けど、わては磔になるような悪いことはしたことないし、これからもするつもりはないさかい、怖いことはないなあ」

いよいよ幸助の順番である。

「葛鯤堂先生は……うわっ！」

太郎衛門は大声を出した。お福旦那が絵をのぞき込むと、それは白髪を振り乱し、乱杭歯を剝いて絶叫している老婆を紙いっぱいに描いたものだった。叩きつけるような筆致で、老婆が絵のなかから飛び出してきそうな迫力《はくりょく》があった。太郎衛門は、

「うーむ……わては絵のことはようわからんけど、凄いやないか。この絵は傑作やな。白髪の一本いっぽんがまるで蛇みたいに蠢《うごめ》いてるように見えるで」

玄助が、

「ほんまやなあ……。こんなおばん、隣に住んでたら嫌やわ……」

太郎衛門は腕組みをしてしばらく唸っていたが、

「傑作や。けど……怖いことはないいな」

お福旦那はガクッとこけそうになった。

「つぎは……横河原白海先生だすな。ほほう……幽霊か。名のあるおかただけに、これはたいへんお見事やとは思いますが、墓場で卒塔婆やしゃれこうべが散らばってる

なかに白装束を着て、頭に三角の布をつけた幽霊が浮かんでる、といういちばんよう
ある構図やおまへんか？」
　横河原白海はにやりとして、
「この絵はまだ仕上がってはおらぬのだ。画竜点睛《がりょうてんせい》を欠く、というやつだ。この場
で仕上げてもよいか？」
「へえ、もちろんだす」
　白海はいきなり脇差《わきざし》を抜くと、おのれの右腕を切った。血がたらたらっと滴《したた》り落ち
て、幽霊画を赤く染めた。幽霊や卒塔婆に降りかかった血の効果は抜群で、さっきよ
りは格段に迫力が上がった。芸子、舞妓たちは悲鳴を上げて顔を背《そむ》けた。白海は満足
そうに、
「いかがかな、鍾馗屋殿。ひとの血で描いた幽霊の絵。怖くはないかな」
　しかし、鍾馗屋は笑って、
「血で描いたわけやのうて、絵に血をちょっとかけただけだすがな。せっかくの絵が
汚れて台無しになったように思います。それに、達磨《だるま》大師に入門するために慧可《えか》が腕
を切り落とした、とかならともかく、あんた、腕の皮を薄ーく切っただけや。袖から
ガマの油の貝が落ちましたで」

白海はあわててガマの油を拾い上げると、それを腕に塗りつけた。鍾馗屋は、

「ほれ、痛みが去って血がぴたりと……止まりましたなあ。わては真剣に怖がりたいと思うてるのに、こんなしょうもない趣向をなさるとは……失礼ながら、高名の割には絵の心がわかってはらへんのとちがいますか」

白海は顔を赤くして下を向いた。

「ほな、最後に飛び入りのおかたやが……お名前はなんとおっしゃる？」

「安居唐蝶と申します」

唐蝶は消え入るような声で言った。

「この絵は……小さい女の子の顔やな。目ぇ閉じて、汗かいてる。この絵のどこが怖いんだす？」

鍾馗屋がそう言ったが唐蝶は答えず、幸助に向かって、

「兄さん、いろいろありがとうございました。けど、もう手遅れになってしまいました。私のせいで亡くなったおかたへのせめてもの償《つぐな》いをしたいと思います」

幸助がなにか言おうとしたとき、廊下からどたどたという足音が聞こえてきた。襖が開いて、入ってきたのは猫またぎの信八だった。

「こちらに勧美堂の旦さんいてはりまっかいな！　ああ、いたいた。えらいことだっ

せ」

栗十郎が、おまえは入ってくるな、と手で知らせたのだが、信八はずかずかと座敷に上がり込むと、笑いながら栗十郎に、

「唐蝶の長屋に行ったら、近所のもんが皆集まって泣いとる。聞いてみたら、あの妹、病が重うなってとうとう今朝方《けさがた》死んでしもたらしい。唐蝶は、もうこの世に思い残すことはない、と言うて自害した、とかで、今から葬礼《そうれん》出すところだした。ははは……手間が省けましたわ」

「こ、こら、おまえは……今言うことやないやろ。周《まわ》りを見てみい、ドアホ！」

「え？　そうだすか？」

幸助たちはハッとして唐蝶の座に顔を向けると、そこにはだれも座っていなかった。代わりに「町奉行所宛」と表にしたためた一通の書状が置かれていた。幸助がすばやくそれを手にし、封を開けて目を通すと、唐蝶が加担した勧美堂栗十郎と成田屋房五郎の悪事の一切が記されていた。幸助は、

「唐蝶……早まったか……」

鍾馗屋太郎衛門は唐蝶の描いた妹の顔を見つめ、

「ほな、今までここで絵を描いていたのは……そのおかたの幽霊……」

ぶるぶるっ、と大きく震えると、

「怖あ……」

と押し出すように言った。

幸助は立ち上がると、書状を栗十郎と房五郎に突き付け、

「これが確かな証拠だ。もう逃れられんぞ」

栗十郎は顔をしかめ、

「幽霊が書いた手紙なんぞ証拠になるかい！　おい、信八……やってまえ！」

「やってまえ、て……なにをやりまんのや」

「わかるやろ！　このふたりを殺してしまえ、て言うとるのや」

「ああ、わかりました。それやったら最初《はな》から『殺してしまえ』て言うたらよろしいのに、『やってまえ』て言われてもわからん」

「なにをごちゃごちゃ言うとんねん。早うやれ！」

猫またぎの信八は匕首《あいくち》を抜くと、幸助に斬りかかった。芸子や舞妓たちは金切り声を上げて座敷から逃げ出した。幸助は飛び退《の》いてかわしたが、信八はなおも斬りかかってくる。そのとき、絵師たちが描いた絵のうえを走ったので、まだ墨の乾いていない絵はどれも破れてしまった。

まった。

「死ねっ」

信八は匕首を腰のあたりに構え、ものすごい勢いで突っ込んできた。幸助はあわてず、畳のうえにあった絵筆を足の親指で挟み、ひょいと放り上げてそれを摑むと、信八の額を筆の尻でトン！　と突いた。それだけで信八は目を回してその場に倒れてしまった。

「くそっ……役に立たんやつやで！」

信八が気絶したのを見て栗十郎はみずから匕首を取り出し、めったやたらに振り回したが、お福旦那がつかつかと歩み寄り、簡単にその匕首をもぎ取ってしまった。栗十郎はため息をついてへたり込んだ。

成田屋房五郎は琴音太夫に、

「すまん。こんなことになってしもた。わては召し捕られるかもしれんけど、おまえは待っててくれるな？」

琴音太夫はそっぽを向いて、

「なんのことじゃろ。旦さんが身請けしてくださらぬなら、私との縁はそれまでじゃ。天満の牢は冷えると聞くゆえ、せいぜい身体をいといなされ」

そう言うと座敷から出ていった。太郎衛門も、栗十郎と並んでへたり込んだ。お福

旦那が、

「気の毒になあ……」

と呟《つぶや》いた。

◇

こうして怖い絵の一件は落着した。安居唐蝶の告白状が証拠となり、勧美堂栗十郎と成田屋房五郎は西町奉行所の同心古畑良次郎に召し捕られた。勧美堂の蔵からは大量の絵の贋作が見つかった。

「はじめて勧美堂と成田屋に会うたときから、後ろ暗いことをしておる、とにらんでいたのだ」

古畑はそう豪語した。

鍾馗屋太郎衛門は幸助とお福にしみじみと、

「心底、怖い、と思いました。皆が日頃感じてるのはこういうことなんか、と唐蝶さんのおかげでやっとわかりましたわ。けど……もう二度とごめんだす」

賞金の三千両は唐蝶のものとなった。幸助はその金で唐蝶ときねの墓を建て、残りは亡くなった森田屋の茂作をはじめ、栗十郎たちにだまされて大金を支払ったものたちに分配することにした。

生五郎の物の怪画集は、亀吉が近頃の「ぼーっとした態度」を番頭にさんざん叱られたため滞《とどこお》っているが、幸助によって「へべれけ婆」というのが追加された。

「霊魂というのはあるものなのか……」

キチボウシ相手に酒を飲みながら幸助が言うと、老人姿のキチボウシは顔をくしゃっと歪《ゆが》め、

「我輩は知らんぞよ」

そう言ってスルメを齧った。

この作品は徳間文庫のために書下されました。

徳間文庫

貧乏神あんど福の神

怪談《かいだん》・すっぽん駕籠《かご》

2022年6月15日 初刷

著者 田《た》中《なか》啓《ひろ》文《ふみ》

発行者 小宮英行

発行所 株式会社徳間書店

東京都品川区上大崎三−一−一 〒141−8202
目黒セントラルスクエア

電話 編集〇三(五四〇三)四三四九
販売〇四九(二九三)五五二一

振替 〇〇一四〇−〇−四四三九二

印刷 大日本印刷株式会社
製本

ISBN978-4-19-894749-1 (乱丁、落丁本はお取りかえいたします)

宿神〈全四巻〉 夢枕獏
先生のお庭番 朝井まかて
御松茸騒動 朝井まかて
雲上雲下 朝井まかて
わらわがゆるさぬ 沖田正午
穴屋でございます 風野真知雄
幽霊の耳たぶに穴 風野真知雄
穴めぐり八百八町 風野真知雄
六文銭の穴の穴 風野真知雄
猫見酒 風野真知雄
痩せ神さま 風野真知雄
たぬき芸者 風野真知雄
いびき女房 風野真知雄
若さま包丁人情駒 倉阪鬼一郎
飛車角侍 倉阪鬼一郎
大勝負 倉阪鬼一郎
闇成敗 倉阪鬼一郎
狐退治 倉阪鬼一郎
あまから春秋 倉阪鬼一郎

国盗り慕情 倉阪鬼一郎
諸国を駆けろ 倉阪鬼一郎
天狗の鼻を討て 倉阪鬼一郎
鬼の首を奪れ 倉阪鬼一郎
幻の船を追え 倉阪鬼一郎
悪代官を斃せ 倉阪鬼一郎
雑賀の女鉄砲撃ち 佐藤恵秋
鋼輪の銃 佐藤恵秋
三楽の犬 佐藤恵秋
疾れ、新蔵 志水辰夫
妖草師 武内涼
人斬り草 武内涼
魔性納言 武内涼
無間如来 武内涼
謀叛花 武内涼
貧乏神あんど福の神 田中啓文
水戸黄門 天下の副編集長 月村了衛
飯綱颪 仁木英之
魔王の子、鬼の娘 仁木英之

鉄の王 平谷美樹
伝説の不死者 平谷美樹
唐金の兵団 平谷美樹
恋形見 山口恵以子
晋平の矢立 山本一力
夢曳き船 山本一力
沙門空海唐の国にて鬼と宴す 巻ノ一 夢枕獏
沙門空海唐の国にて鬼と宴す 巻ノ二 夢枕獏
沙門空海唐の国にて鬼と宴す 巻ノ三 夢枕獏
沙門空海唐の国にて鬼と宴す 巻ノ四 夢枕獏
はぐれ十左暗剣殺 和久田正明
蜘蛛女 和久田正明
悪の華 和久田正明
笑う女狐 和久田正明
黒刺客 和久田正明
弾丸を嚙め 和久田正明
怪盗流れ星 和久田正明
地獄の清掃人 和久田正明
日本坊主列伝 榎本秋